Scrittori italiani e stranieri

Daniele Mencarelli

Brucia l'origine

ROMANZO

MONDADORI

Dello stesso autore in edizione Mondadori

La casa degli sguardi
Tutto chiede salvezza
Sempre tornare
Fame d'aria

Si ringrazia Maria Cristina Olati

⩗ mondadori.it

Brucia l'origine
di Daniele Mencarelli
Collezione Scrittori italiani e stranieri

ISBN 978-88-04-77885-1

Brucia l'origine

Ai sommersi

I

ACQUEDOTTO ANIO VETUS

1

Il classico antipasto di montagna.

Due vassoi d'acciaio. Su uno gli insaccati, prosciutto e salame, lonza, mortadella, su un altro i formaggi, quello al peperoncino, poi caciotta, pecorino.

Tania aspetta il figlio in punta di sedia, protesa verso la porta d'ingresso, Giorgia guarda la madre nella sua trepidante attesa, sorride, anche se gli occhi non le sanno di niente, abituati.

«A ma', guarda che caschi per terra, ha detto due minuti e sta qui, papà dijelo pure te.»

Mauro scrolla la testa, non dice nulla, come al solito. Il suo, però, è un silenzio benigno, di chi acconsente senza nulla da opporre.

Tania annuisce alla figlia ma non cambia posizione, tantomeno espressione del viso.

Gli occhi le si infiammano di luce, amore allo stato puro.

Sulla porta, ecco Gabriele.

È sputato alla madre.

Ha i suoi colori castani, gli occhi allungati, da bambino per la dolcezza dei lineamenti lo prendevano spesso per femmina, e quella dolcezza è rimasta, solo indurita dalla barba sulle mascelle.

Madre e figlio si guardano, si ricongiungono attraverso gli occhi.

Tania stringe i pugni, le mani le vorrebbe sfarfallare come i bambini quando la gioia li divora. Ma si trattiene.

Poi i baci a rincorrere gli abbracci.

2

«Quattro anni so' quattro anni, capisco il virus, ma so' tanti.»

«Mamma, ci siamo visti in videochiamata tutte le domeniche, e poi lo sai, oltre al Covid il lavoro mi ha travolto, da quando siamo ripartiti pedaliamo almeno dieci ore al giorno.»

Gabriele afferra al volo una fetta di salame.

«Bravi, avete preso i taglieri.»

Giorgia ha guardato per tutto il tempo suo fratello con un sorriso pieno, sincero, a tratti viene agguantata dalla malinconia, ma la nasconde bene.

«I taglieri? Te sei proprio milanesizzato, 'o senti papà? Qui se chiama ancora antipasto, non stai a via Montenapoleone ma al ristorante Piccola Sardegna di via Sofia, quartiere Don Bosco, dove da sempre la famiglia Bilancini festeggia quanno deve festeggia'.»

La sorella non perde occasione per punzecchiare il fratello.

«Uè, ormai sono meneghino da testa a piedi, non scherziamo. Voi romani non vi sopporto proprio, con il vostro traffico, l'immondizia, così maleducati.»

Lui ha raccolto la sfida esprimendosi in un dialetto milanese da cinepanettone, torna serio:

«Come va il negozio?»

Giorgia si gonfia d'entusiasmo.

«Non so' diventata un designer de fama mondiale, ma come parrucchiera so' pochi quelli che me battono, guarda mamma, taglio e messa in piega, pare che c'ha diec'anni di meno.»

Tania, chiamata in causa, si sfiora i capelli, imbarazzata.

«È vero, c'ha le mani d'oro, a me vengono i sensi de colpa perché la faccio lavora' pure de domenica, i capelli me li viene a fa' a casa.»

«E capirai, a ma', pe' così poco. Qui da ringrazia' è uno solo. Gabriele. Senza de lui...»

«Senza de me niente. Io pago il finanziamento di un'impresa in cui credo, in più sei mi' sorella.»

«Lo senti papà? È tornato da mezz'ora a casa sua e già ha ripreso a parla' romano. Tuscolano forever.»

Il padre viene spesso chiamato in causa, ma a rispondere è sempre il suo silenzio.

Tania lo guarda fra il paziente e il contrariato.

«Certo che sei proprio Mauro er pesce, e dilla 'na parola.»

Provoca il marito, ma lui è abituato, non se la prende, anzi, sogghigna.

«Lo sai quello che dico sempre, dalla prima volta che me so' presentato, ormai più de quarant'anni fa, me chiamano Mauro er pesce, parlo poco e solo quanno devo di' qualcosa de importante. Tutti parlano, nessuno ascolta.»

«Bravo papà, e scusate tutti e due, ancora non ve li ho fatti. Auguri.»

Gabriele guarda i genitori, loro si intimidiscono.

«Grazie, devi farli anche a tua sorella, nun te scorda'

che c'era pure lei quando ce siamo sposati, stavo quasi al sesto mese.»

Tania d'istinto si carezza la pancia, poi guarda Giorgia, si tirano un bacio da lontano.

«Come va l'officina, papà?»

Gabriele allunga la mano per andare a stringere quella del padre.

«Va come sempre, moto e motorini co' er traffico de Roma nun diminuiscono de certo, mo' c'è tutta 'sta esaltazione pe' l'elettrico, vedemo quanto dura.»

«Pure Milano è invasa, speriamo funzioni questa transizione ecologica.»

Il padre sembra scettico.

«Le transizioni so' lunghe, in Italia diventano secolari.»

Gabriele ride. Mauro er pesce parla poco, ma quando parla raramente dice cose dimenticabili, è da sempre una specie di stregone, si esprime per allegorie, parabole, rasoiate.

Il figlio resta a osservare la mano del padre.

Solo il figlio di un meccanico può capirlo e riconoscerlo così velocemente.

È questione di conoscenza, capacità d'osservazione.

Le mani di Mauro, per quanto pulite, con le unghie tagliate alla perfezione, sono percorse da spaccature, minuscole ramificazioni nere, alcune più visibili altre più sottili, sulle dita soprattutto.

Il marchio di tutti gli anni di lavoro manuale, di grasso e olio motore.

A Gabriele vengono in mente altre mani.

Quelle del suo maestro. Mentore. E anche futuro suocero.

Sua maestà Franco Zardi. Come definito dal "New York Times" anni fa: "Un artista rinascimentale più che un designer". Gabriele ricorda ancora quando lo vide per la prima volta muoverle nell'aria, così eteree, e a gesti creare dal nulla la visione, l'idea stupefacente capace di conquistare tutti, e le sue dita affusolate strette attorno alla matita, disegnare con la stessa grazia di un'étoile sul palco.

Lo riporta alla realtà un profumo di porcini.

È arrivato il primo.

«Stavolta la tua fidanzata me l'aspettavo, l'ho vista in videochiamata, ma dal vivo mai, ce so' rimasta un po' male.»
Gabriele alza le spalle, dispiaciuto.

«Ma', Camilla voleva venire a tutti i costi, alla fine si è anche messa a piangere quando ha capito che non ce la faceva, ma dobbiamo consegnare un progetto a un arabo entro dopodomani. E poi non è la mia fidanzata, non so' più un ragazzino, è la mia compagna, se la chiami così rischi pure che ci rimane male.»

Tania, mestamente, prende atto delle informazioni, suo figlio invece afferra di corsa il cellulare, si era dimenticato di qualcosa di importante, digita al volo sul display:

Arrivato da mezz'ora. Tutto ok.

Dall'altra parte la spunta immediata, e veloce la risposta:

Stavolta volevo proprio esserci, mi dispiace
che tuo padre stia male, certo pure lui, a non
partecipare alla cena del suo anniversario,
chissà che dispiacere.

Gli abbiamo fatto una videochiamata poco fa, è
amareggiato, ovvio, ma sta talmente male, non

riesce ad alzarsi dal letto, ha la febbre altissima.
Mia madre gli ha promesso che torneranno
a festeggiare loro due da soli, appena sarà
guarito. T'amo Camilla Camomilla. A dopo.

T'amo pure io, Gabriele de Roma. Salutami tutti,
da' un bacio grande a tua mamma da parte mia,
non vedo l'ora di conoscerla di persona, diglielo.

All'inizio ci ha provato a essere sincero, a dire la verità.

Quanto piacerebbe a Gabriele avere almeno questa giustificazione da esibire a se stesso.

Ma non è così. Non è vero.

Nella sua vita si è aperta una voragine che ha di colpo allontanato, di una distanza disumana, le terre che ha vissuto e che vive.

Si vergogna della sua famiglia, della terra che lo ha allattato.

Nel mondo che frequenta ora, quello dei ricchi, la nasconde come si nasconde un peccato.

Da una parte le sue origini, dall'altra Milano e il suo presente di alto rango.

E lui nel mezzo, a rimproverarsi da anni tutto il coraggio che gli manca, incapace di lasciarsi andare alla sincerità, mettersi una volta, almeno una volta, in pace con la coscienza. Sentirsi uscire dalla bocca chi è e da dove viene, senza paura, liberamente, senza temere il giudizio di nessuno.

Niente di tutto questo.

L'unica cosa che gli riesce è nascondersi dietro ipocrisie e silenzi, una catena infinita di piccole menzogne che non risparmiano nessuno.

Quello che fa è coltivare il tradimento, verso tutti.

4

L'ultima cucchiaiata di tiramisù.

«Finirò di digerire a Milano.»

Gabriele ha recuperato un po' di buonumore, guarda l'orologio, sono le undici passate.

«Vado a chiedere il conto.»

Tania si agita sulla sedia, sembra improvvisamente frenetica, se ne accorge per prima sua figlia.

«A ma' che hai fatto? T'è venuta 'na fregola.»

Lei non sa che dire, ora anche marito e figlio la guardano straniti.

«No, è che...»

Un sorriso le spalanca il volto.

«Ecco perché.»

Guarda in direzione della porta.

Sono comparsi quattro ragazzi.

«Nun ce posso crede!» urla Giorgia stupita.

«Guarda mamma chi t'ha portato. Guarda che sorpresa t'ho fatto.»

Gabriele, di spalle alla porta, si gira.

Gli si spezza il fiato.

Sembra sprofondare in un abisso da cui è impossibile riemergere, guarda i nuovi arrivati quasi con terrore.

Poi, però, una specie di mano gigantesca lo va a riprendere dalle profondità per elevarlo a una gioia infantile, che gli accende il viso, sino a farglielo diventare violaceo dall'emozione.

Uno dei quattro ragazzi a passi svelti lo raggiunge, gli si ferma a un palmo dal viso, gli occhi che da lucidi diventano acquosi. Sarà alto al massimo un metro e sessanta, e peserà non meno di ottanta chili.

«Quanti anni so' passati?»

Gabriele prova a contare con la mente il tempo trascorso, ma desiste quando capisce che di anni ne sono passati tanti, troppi.

«Marcello, sei rimasto identico, sei sempre uguale.»

Lui è al colmo di una felicità ragazzina, innocente.

Ora anche gli occhi di Gabriele si fanno lucidi.

Si abbracciano stretti.

«Che è 'sto Marcello? So' Lello, pe' tutti e pe' sempre. Te lo dico io quanti anni so' passati. Otto. So' otto anni che nun se vedemo Gabrie', te rendi conto?»

Intanto, si sono avvicinati anche gli altri tre ragazzi. Uno, il più alto, scuro di carnagione, con un sorriso un po' storto, tocca Gabriele quasi a saggiarne la presenza, lo fa con una delicatezza finta, sproporzionata.

«Aó, sei proprio tu? Incredibbile. Te posso tocca', sì? Alle celebrità se deve chiede er permesso. Ma poi 'sta donna che c'ha raccontato tu' madre, 'n do' sta? Ma lei lo sa che state assieme?»

Gabriele ride.

«Cristiano Pontrelli. Stronzo eri e stronzo sei rimasto. Ti concedo il diritto di toccarmi.»

L'abbraccio fra i due è veloce, Cristiano sembra più trattenuto, più adulto degli altri, ma è felice pure lui di rivedere l'amico.

«A Francesco, te un abbraccio non me lo dai?»
Gabriele chiede e viene accontentato.

Il ragazzo sorride da fare tristezza. Prova a nascondere la sua infelicità, ma non ci riesce. Avrebbe un viso bellissimo se non fosse stritolato da un dolore reso ancora più evidente dal suo tentativo di contenerlo, non darlo a vedere.

«Sto sempre uguale, anticipo la domanda.»
Cerca di smarcarsi con l'ironia, Gabriele annuisce, anche se con dispiacere. Non dice altro.

«Ciao, Vanessa.»
Si stringono pieni di imbarazzo, non ci vuole molto a capire che fra loro c'è stato qualcosa.

«Anche te sei rimasta la stessa.»
Gabriele sa di mentire, e anche lei se ne rende conto.

«Proprio la stessa no, magari.»
In effetti qualcosa del suo viso non sembra essere veramente suo da sempre, qualcosa di innaturale lo segna: le labbra gonfiate, fuori misura rispetto al resto dei lineamenti. Gabriele cerca di sorridere senza darlo a vedere, ma chissà se ci riesce.

Marcello, intanto, ha tirato fuori dalla tasca il foglio di una rivista ripiegato con cura.

Sopra, l'immagine di Gabriele, catturato in posa ammiccante, con un completo blu scuro, sotto la giacca si intravede una maglia storica della Roma degli anni '80: quella con il lupetto disegnato da Piero Gratton. Ma il protagonista della foto non è soltanto lui.

La poltrona sulla quale è seduto non sembra un pezzo d'arredo, ma un'opera d'arte. Le gambe quadrate si uniscono ad arco sotto la seduta ampia, dalla linea circolare, semplice, lo schienale, invece, si lascia andare a un gioco di forme che rimanda alle curve delle colonne ioniche, rese, però, più geometriche, severe, se non austere, rielaborate in modo mai visto. Nuovo. "Classico elettrico", così Franco Zardi si espresse quando vide per la prima volta il progetto.

«Roma risorge. Gabriele Bilancini, con la sua poltrona Bilancia, nominato fra i dieci designer emergenti più quotati al mondo.»

Marcello ha letto incespicando di tanto in tanto.

Subito dopo tira fuori un'altra pagina di settimanale. Su questa spicca una ragazza bellissima, è adagiata, seminuda, sempre sulla stessa poltrona.

«Intervista a Miss Granada, la cantante che ha cambiato per sempre l'hip hop.»

Gabriele è intimidito, l'amico starebbe per tirare fuori un'altra pagina, ma Cristiano interviene.

«A Lello, er ristorante deve chiude, domani io devo anna' a lavora', mica potemo sta' qui all'infinito, e comunque avemo capito che Gabriele è diventato importante. Ma non stamo qui pe' questo.» Si fa serio.

«Quest'anno non fanno quarant'anni de matrimonio solo tu' padre e tu' madre, anzi, auguri.» Sorride in direzione di Tania e Mauro. «Quest'anno faccio quarant'anni pure io. Te sembra possibile? Proprio quaranta. Nun me so' mai potuto permette 'na festa, ma questi li vojo festeggia'. E ce devi sta' pure tu. Pe' tutta la vita che avemo passato insieme. Nun te inventa' mobbili e disegni, se non ce stai sei 'na merda, se non vieni non te sogna' nemmeno più er saluto, da nessuno de noi.»

Gabriele non vorrebbe aver sentito. Sembra essere scivolato dentro sabbie mobili, guarda i quattro ragazzi, i suoi vecchi amici, tutti seri, concordi, ma quello che più lo impantana è lo sguardo dei suoi familiari. Identico a quello degli altri.

Unisce le mani davanti al petto.

«Con tutto il cuore Cristia', ma come faccio, ho una scadenza che...»

«Non vojo senti' storie. Me devi di' de sì o de no.»

Gabriele si passa una mano sul viso, guarda la madre.

«Così stai pure qualche giorno a casa tua, con noi.»

Tania ha fatto di tutto per trattenersi, ma non c'è riuscita.

Il figlio capisce. Questa volta non può fare come sempre: trovare vie di fuga. Scuse. Rovescia la contrarietà in un sorriso d'accettazione.

«Va bene. M'organizzo.»

«E daje!!»

Marcello urla, lo abbraccia e per un attimo lo solleva di peso, applaudono tutti, pieni di contentezza, anche Cristiano se lo abbraccia stretto, lo bacia su una guancia.

«Grazie.»

Gabriele si lascia travolgere dalla gioia degli altri, anche lui ora è felice, o almeno crede di esserlo.

Pensare che sino a pochi secondi fa si sentiva nel pieno di una tortura.

La madre lo viene ad abbracciare.

«Finalmente passeremo qualche giorno assieme, me pare un sogno.»

Lui annuisce, mentre lei sembra non volerlo lasciare più.

Eccolo, di nuovo, il senso di colpa.

"Indegno."

Il giudice al centro del suo petto ha sentenziato.

5

In macchina verso casa, padre, madre e figlio.

A Gabriele si spalanca davanti agli occhi via Lemonia, la sua via Lemonia, da una parte, come soldati schierati, i palazzi, dall'altra il Parco degli acquedotti, un prato che sembra infinito, attraversato dai grandi acquedotti che dall'antica Roma a tutt'oggi forniscono acqua alla Capitale.

Ecco la chiesa di San Policarpo, dove i suoi si sono sposati, dove lui e la sorella hanno ricevuto battesimo e prima comunione, dove ha visto chiusi nel legno i parenti presi dalla morte, a partire dai nonni.

Questa è casa sua e il senso di colpa, almeno in questo momento, non si deve permettere di toccargliela.

Niente si deve insinuare fra lui e i luoghi che sta rivedendo dopo anni.

Quelli della sua infanzia, l'eldorado di ogni essere umano, almeno di quelli fortunati.

Con la luna piena si vedono bene le diverse file di acquedotti, quando era bambino, la sera al tramonto, se li immaginava come file di elefanti silenziosi, in marcia, di ritorno verso la loro casa, verso chissà quale terra lontana.

Lo riporta alla realtà la notifica di un messaggio in arrivo, è sua sorella Giorgia:

Arrivata a casa, tranquillizza mamma, te vojo bene fratelli'.

Si gira verso la madre, si è voluta mettere dietro a tutti i costi.

«È Giorgia, rientrata, tutto ok.»

Lei prende atto, sorride al figlio. A guardarla fa venire in mente le luci delle biciclette e le dinamo che le alimentano, più si pedala e più si accendono.

Tania è illuminata al suo massimo.

«Un posto quasi sotto casa. Un miracolo.»

La voce di Mauro er pesce fa sempre un effetto sorpresa.

«Ah, ma in macchina c'era pure tu' padre?»

La moglie non perde occasione.

Padre e figlio si scambiano un veloce occhiolino.

La stanza di Gabriele sembra una chiesa sconsacrata.

Solo il letto, l'altare, è rimasto al suo posto, per il resto quattro pareti color corda, tinteggiate da poco, e dove c'era l'armadio un portabiti essenziale, da negozio d'abbigliamento, struttura d'acciaio aperta e stampelle, tutte vuote. Anche la scrivania è sparita.

Della stanza in cui ha vissuto tutta la sua gioventù non è rimasto altro, la chiesa sconsacrata non ha perso solo gli arredi, ma anche tutti i piccoli grandi oggetti e simboli che permettevano la professione del culto.

Gabriele è spaesato, non se lo aspettava.

«Abbiamo dovuto toglie la carta da parati perché ormai cadeva a pezzi, scrivania e armadio erano pieni de tarli. C'hanno consigliato il color corda, dice che va molto, sarà, a me sembra solo grigio. Me dispiace.»

Tania parla occhi al pavimento, mortificata.

«Però guarda.»

Corre fuori dalla stanza per andare ad aprire una porta dell'armadio a muro situato lungo il corridoio. Afferra due enormi buste e torna dal figlio.

«Non ho buttato niente, neanche un pezzetto de carta.»

Gabriele si poggia sul letto. Inizia a tirare fuori dalle buste quella che a tutti gli effetti è stata la sua vita, dall'adolescenza alla gioventù, sino al suo trasferimento a Milano. Perlomeno, la parte della sua vita che meritava di essere appesa alle pareti. A partire dai suoi miti, se i suoi amici avevano Totti o Nesta, sui muri della sua stanza campeggiavano Arne Jacobsen con la sua sedia a tre gambe, Alessandro Mendini con la sua meravigliosa poltrona Proust. Si commuove ad aprire e a vedere il manifesto successivo: Marcel Breuer e la sua sedia Wassily.

Nella seconda busta, sempre ripiegati con cura millimetrica, i passi della sua carriera, dai primi trafiletti sulle riviste specializzate sino all'opera che ha decretato la rivoluzione della sua vita: la poltrona Bilancia.

A distanza di anni, si rende conto di quanto debba a quei maestri che aveva alle pareti. La sua poltrona è una mediazione felice tra i loro stili e le diverse culture che hanno rappresentato.

Con le sue linee morbide, sembra unire lo stile ironico, giocoso di Mendini al minimalismo lineare di Breuer. Come scrisse Ottavio Landini, decano dei critici italiani di design: "La poltrona Bilancia sembra unire, senza nessuna concessione al kitsch o al già visto, le grandi scuole del Novecento a un rinnovato rigore classico, verrebbe da dire imperiale, come solo un romano, forse, poteva riuscire a fare".

«Sei arrabbiato?»

Gabriele si era perso nei ricordi, dimenticando sua madre, in piedi di fronte a lui.

«Arrabbiato per cosa? Se i mobili erano rovinati, come la carta, che altro potevate fa'? Ma come faccio a esse arrabbiato con te? Guarda come m'hai tenuto tutto, semmai grazie.»

«A te. Sempre.»

Tania sembra di colpo resuscitata. Gabriele, intanto, continua a tirare fuori dalla seconda busta pezzi di giornale e altri ricordi, c'è l'intervista di Miss Granada su "Vanity Fair", la stessa che aveva Marcello.

«Questa non l'ho conservata io, stavo già a Milano, l'hai tenuta tu?»

Il figlio chiede, la madre annuisce orgogliosa.

«E poi mi domandi se so' arrabbiato con te?»

Gabriele si alza dal letto d'istinto, abbraccia la madre.

«Io posso solo ringrazia' te e papà, all'infinito.»

E queste, all'infinito, sono le parole che Tania vorrebbe sentirsi dire, avvolta dal figlio.

«Mi metto a dormire, chiamo giusto un secondo Camilla, so' distrutto.»

«Salutamela.»

«Ciao Camomi', tutto a posto?»

«Gabriele de Roma, sì, tu?»

«Proprio tutto a posto no.»

«Perché, che è successo? Non mi far venire l'ansia, lo sai.»

La voce di Camilla, da spiritosa, diventa seria, affannata, in un istante.

«Scusa. Sì, niente di grave, solo che m'hanno fatto una sorpresa, proprio sorpresa, che più imprevista non avrei potuto immaginare.»

«Di che tipo, scusa?»

«T'ho raccontato tanto di Marcello e gli altri, del gruppo con cui so' cresciuto. Uno degli amici più stretti, Cristiano, sabato festeggia i quarant'anni, e in pratica m'hanno costretto a rimanere, non potevo dire di no, sarebbe stato troppo brutto.»

«Io te lo dico che sei scemo, perché avresti dovuto dire di no? È una cosa bella, bellissima, c'hai passato tutta l'infanzia, l'adolescenza. Se non fossi rimasto ti avrei costretto a tornare giù. Anzi, mi appoggio in un albergo, m'invento qualcosa, ma voglio esserci pure io, non me lo voglio perdere.»

Gabriele si tira su dal letto, in mutande e maglietta.

«Gabriele, ci sei?»

«Sì. C'ho pensato pure io Cami, ma a mio padre questa volta ha preso forte forte, non riusciamo a fargli scendere la febbre, con mia sorella abbiamo trovato al volo un centro privato dove domani andrà a farsi una TAC, per il medico potrebbe essere una polmonite di origine virale, ha parlato pure di ricovero. Ovviamente non lo dico per me, o per te, ma pensa a tuo padre...»

«No. Hai ragione.»

La capriola di Camilla è immediata, senza esitazione, come un meccanismo che scatta.

«Ora vattene a dormire, ci sentiamo domani. T'amo Camilla Camomilla.»

«Però appena tutto si sistema voglio venire anche io a Roma. Vabbè. Buonanotte, Gabriele de Roma. Ti amo pure io. Dai un bacio a tua madre, sarà preoccupata da morire.»

Quando vide Camilla dentro lo showroom di Zardi al centro di Milano, Gabriele pensò agli antichi egizi che erigevano obelischi per rappresentare i raggi del sole, per ringraziare la divinità della luce.

E lei di luce sembrava fatta. Anzi. D'oro.

Bionda, con le lentiggini a costellare il viso chiaro.

Non gli sembrò un essere di questo mondo.

Gabriele torna a letto.

Improvvisamente è diventato più scomodo.

Non lo sanno quelli che ha attorno, ma lui ci gioca come fossero burattini, basta muoverli bene da dentro.

La febbre alta, la polmonite virale. Ha detto questo a Camilla sapendo in anticipo il preciso punto di caduta delle sue parole: la preoccupazione quasi ossessiva della sua fidanzata per la salute dell'unico parente che ha sulla faccia della terra.

Il padre.

Ha soltanto lui.

La madre Kristina, svedese, è morta nel 2003, investita a Milano mentre andava in bicicletta.

Camilla non si è ancora veramente ripresa. Soffre d'ansia. Ha sofferto di depressione. Adora il padre, ricambiata.

Nessuno pensa mai alla solitudine dei burattinai.

II

ACQUEDOTTO AQUA MARCIA

1

Tania ha vissuto una specie di miracolo.

Anche se non c'era con il corpo, è stata accanto al figlio durante tutto il suo percorso di riconoscimenti e successi.

Lei ha visto, senza bisogno di vedere.

Non riuscirebbe a spiegarlo a parole, anche perché non è difficile, ma impossibile. Come voler trattenere il vento in una mano. O afferrare una stella.

Sa solo che è successo.

Dai suoi occhi, suo figlio non si è mai allontanato.

Per come lo sta guardando ora, con la tazzina di caffè bollente in mano, mentre lui ancora dorme, immobile, e lei in piedi accanto al letto a vegliarlo, a goderselo dopo così tanti anni.

Solo il pensiero del caffè che si fredda la desta dalla sua visione, altrimenti, chissà, rimarrebbe così sino alla fine dei tempi.

«Gabrie'.»

Lui apre gli occhi quasi di scatto, non sembra ritrovarsi, fatica a mettere a fuoco, ma è questione di un niente.

«Buongiorno, ma'. Grazie.»

Si tira su, la madre gli passa la tazzina.

«Il caffè a letto da mamma, da quanto tempo.»

«Troppo.»

«Però domattina te lo faccio io.»

Lei sembra quasi offendersi.

«Ma che dici. E poi per me è un modo de passa' il tempo. Da qualche anno me sveglio presto, prestissimo. Il brutto de invecchia'.»

«A che ora ti svegli?»

«Alle quattro, le quattro e mezza.»

Gabriele si preoccupa.

«Ma veramente? E te basta dormi' così poco? E poi che te metti a fa' alle quattro de mattina?»

«A bastare me basta. È pure vero che alle nove stiamo a letto. E che me metto a fa'? Niente. M'alzo, poi mi rimetto a letto, cerco de non sveja' tu' padre, e penso, per fortuna pensa' non fa rumore.»

«E a che per tutto quel tempo?»

«Indovina? A te. Tu' sorella. Al passato. A quando eravate piccoli. Immagino un po' il futuro, tua sorella ormai ha perso il giro, ma io un nipote, almeno uno, lo vorrei tene' in braccio.»

Gabriele finisce il caffè.

La madre allunga le mani per riprendersi la tazzina, ma lui non gliela restituisce.

«In cucina la porto io, ce manca che me lavi la faccia come quando ero bambino.»

Tania lo lascia passare, resta per un attimo assorta, poi gli occhi le vanno al letto: non gli lascia scampo.

Due colpi ed è rifatto alla perfezione.

Gabriele, ancora in mutande e magliettina, gira per casa, la esplora dopo tutto il tempo trascorso senza metterci piede. L'appartamento è spazioso, come si facevano sino agli anni '60, un grande salone con una porta che dà sulla cucina, poi il lungo corridoio dove si aprono le stanze, tre, più un bagno, uno solo. La mattina con la sorella era una lite continua. Doveva sempre intervenire la madre.

Ancora ricorda, lui aveva attorno ai diciott'anni, la festa che i genitori fecero per l'ultima rata di mutuo. Mauro er pesce quasi si ubriacò, quella fu molto probabilmente la sua serata più estroversa. Si ricorda ancora le sue parole.

«Finalmente se semo liberati.»

Mentre si guarda intorno, a Gabriele viene in mente il suo maestro Franco Zardi quando si trova al cospetto di qualcosa che non gradisce.

«Buone cose di pessimo gusto.»

Quando citò Gozzano per la prima volta davanti a lui, gli chiese se lo conoscesse. Gabriele annuì convinto, senza sapere chi fosse.

Casa Bilancini è un inno alle buone cose di pessimo gusto.

Dai mobili, componibili, commerciali, a tutta la paccottiglia appesa alle pareti, perlopiù ricordi del tempo passato, o quadri, croste senza nessuna valenza, né valore.

Immagina Zardi percorrere, come sta facendo lui adesso, passo a passo quell'appartamento. Rabbrividisce. Alla specchiera del corridoio prende atto di una certezza assoluta, com'è assoluto il sole che sorge: mai il suo maestro metterà piede a casa sua. Mai.

Sul comodino accanto alla porta una fotografia dentro una cornice di legno, Gabriele la prende.

Lui bambino per mano a sua sorella Giorgia, appena adolescente, sul bagnasciuga di Ostia.

Accanto a loro, i genitori. Tania e Mauro. Giovani adulti.

Fa i calcoli al volo: in quella foto, anno più anno meno, avevano l'età che lui ha ora.

Resta sulla foto. Sui visi dei suoi familiari.

La nostalgia è un dolore come tutti gli altri: fa patire.

Un dolore senza collocazione precisa, non è come un'ulcera allo stomaco, o un'emicrania, semmai è più simile a una specie di febbre, brucia, spesso sino allo spasmo, senza il bisogno di alzare la temperatura.

Torna a guardare la sua casa, quella dov'è cresciuto, quella che suo padre ha comprato festeggiando l'ultima rata come uno schiavo che si affranca dalla sua condizione.

Non è la nostalgia che molla la presa, ma il senso di colpa a essere più forte.

Un uomo che si vergogna della casa in cui è cresciuto.

Vive questi sentimenti come qualcosa di osceno.

Ma che uomo è?

Con tutta la forza di cui è capace cerca di sgombrare la mente, il corpo, da quella massa di pensieri che nessuno metterà mai in ordine. Resta a occhi chiusi, prova a calmarsi.

Lentamente riprende possesso di se stesso, e del suo gusto estetico.

La casa è indubbiamente orribile, ma è la sua, e l'amore è altro rispetto alla bellezza delle linee e all'eleganza.

Si obbliga a questa conclusione banale, che non risolve nulla.

2

Al tavolo del salone, vestito con gli stessi abiti che portava ieri sera, Gabriele è immerso nel lavoro, lo sguardo incollato sul portatile.

È un uomo diverso, la concentrazione gli contrae gli occhi, tutto il viso. Il disegno è sempre stato per lui come un'altra dimensione dove andare, dove avere la possibilità di cambiare le forme alla realtà, abbellirla, renderla simile a come la vorremmo, per la felicità altrui, per quelli che amiamo.

Era un bambino ancora alle elementari quando la maestra Curione, meravigliata, prese da parte Tania per farle vedere i lavori di suo figlio. Lei aveva semplicemente dato ai suoi alunni, per svagarli dopo due ore intense di lezione, il compito dei compiti: disegnate la casa dei vostri sogni.

I compagni di Gabriele avevano obbedito, come obbediscono tutti i bambini generazione dopo generazione.

Il classico quadrato sormontato da un triangolo, la canna del camino, il ciuffo di fumo che esce, poi attorno la campagna, con qualche albero, qualche uccello, nei casi più creativi una strada che sale verso le montagne sullo sfondo.

Gabriele no.

Lui aveva veramente progettato una casa.

Non l'esterno, come tutti, lui ci era proprio entrato dentro: due lunghe linee orizzontali parallele segnavano pavimento e soffitto, poi, a distanza regolare, una serie di linee verticali, in pratica le mura divisorie, a ricreare le stanze.

E le stanze le aveva tutte arredate, in modo rudimentale, certo, ma con una cura dei particolari da mettere orgoglio, o spavento.

La maestra Curione le indicò soprattutto quello che Gabriele aveva, con la sua scrittura infantile, dichiarato il salone di casa. Due figure, con annessa didascalia "mamma e papà", sedute su una specie di rettangolo, anch'esso dotato di legenda: "divano comodo e spazioso, dove farli riposare".

Tania quel foglio ingiallito dagli anni ancora se lo tiene, accanto all'oro dei battesimi e delle comunioni dei figli.

E Gabriele non ha mai smesso di disegnare.

Ironia della sorte, è proprio un divano come quello fatto alle elementari il design su cui sta lavorando da tempo. Dopo una poltrona che porta il suo cognome, reso solamente più breve e d'impatto a sentire quelli del marketing, da Bilancini a Bilancia, ora è alle prese con la sua nuova creatura.

Lo tormenta da mesi, di un tormento molto simile al primo amore.

Presto lo presenterà a Franco Zardi e poi, a lui piacendo, al mondo intero.

Il divano Novus.

Dal nome di uno dei sei acquedotti che attraversano il parco omonimo, quello dove lui è cresciuto, a via Lemonia, quartiere Tuscolano.

Ma c'è qualcosa che non riesce a farlo stare seduto, si muove avanti e indietro, nervoso, preoccupato, a tratti furente.

Quel divano è la sintesi della sua vita, un passato incancellabile che cerca spazio in un presente troppo diverso per capirlo. E i suoi dubbi creativi sembrano ricalcare le sue crepe interiori.

Teme che il divano sia "troppo".

L'eleganza è questione di millimetri, grammi, basta un niente a dividere il sobrio dallo sfarzoso, il necessario dal superfluo. Un designer, come un artista, deve avere il coraggio di amputare senza pietà.

Lui vuole forme lineari, semplici, in grado di essere definite "belle" nel tempo, anzi, in tutti i tempi, proprio come gli acquedotti che hanno riempito l'orizzonte della sua infanzia.

«Per pranzo ho pensato a un primo semplice, spaghetti con un sughetto aglio e olio, poi di secondo ho bistecca o petto di pollo, de contorno patate al forno.»

Gabriele viene riportato nel mondo degli umani dalla voce della madre. Scoppia a ridere.

«A ma', me sembra de sta' a pensione completa. Noi a pranzo mangiamo di solito un piatto unico, un'insalata con qualche proteina.»

La madre non ha capito, non capisce.

«Va benissimo il petto di pollo, senza patate, solo pollo.»

«Ma veramente? Nemmeno le patate al forno? Ma perché, stai a dieta?»

«No, cerco di mantenermi in linea, e poi non abbiamo molto tempo per pranzare. È un'abitudine. Tranquilla.»

Lei non sembra particolarmente convinta, né tantomeno entusiasta.

«Tu' padre resta in officina come sempre, con gli amici

soliti, almeno me fai compagnia a tavola? O lavori pure mentre mangi?»

Lui se la bacia.

«Scherzi? Certo che pranzo con te.»

Il telefono di Gabriele vibra sul tavolino, vede il nome sul display e lo afferra al volo.

«Valeria, buongiorno.»

Il figlio con l'indice della mano chiede del tempo alla madre, lei acconsente, come a tutto quello che fa, del resto.

«Esattamente, come ti ha detto Camilla. Ricalendarizza tutto da lunedì. Mi raccomando per l'ambasciatrice canadese, in pratica mi stalkerizza, se chiedono puoi dire tranquillamente la verità, sì, sono via per problemi familiari, va benissimo. Ovviamente chiamami per la qualsiasi. Ciao.»

«Se c'era tuo padre, scaramantico com'è, toccava ferro. De problemi familiari per fortuna non ce ne stanno.»

Gabriele annuisce con gli occhi bassi. Soltanto lui sa quanto di falso ci sia nelle sue parole ogni volta che apre bocca.

«Purtroppo, il nostro lavoro non ti lascia mai, se non per emergenze. Scusa se ho parlato di problemi.»

«Ma che te scusi? So' tu' madre, che non lo capisco? Anzi. Mentre stavi al telefono me so' incantata. Come parli bene. Sicuro.»

«Valeria è la mia assistente, diciamo che con lei è semplice.»

«Perché, con altri è più difficile?»

Una smorfia, il figlio guarda la madre e tanto vorrebbe dirle.

Ma niente le dice.

«Con altri è un po' più complicato, ma io mi difendo.»

«Mamma non c'ha dubbi. Te vado a fa' il petto di pollo, senza niente vicino, che tristezza!»

Tania se ne va, poi un pensiero la fa voltare, è diventata improvvisamente seria.

«Però stasera ceniamo da cristiani, t'ho fatto due piatti che amavi da ragazzino, è 'na sorpresa, se non te li mangi ce rimango male.»

«Ma', la sera mangio normalmente, e poi che te credi, la tua cucina mi manca, lo dico a tutta Milano che sei una cuoca straordinaria.»

«Vedrai che t'ho preparato.»

3

«Er bell'addormentato.»

Gabriele, rannicchiato su se stesso, dormiva beatamente.

Si ritrova davanti Marcello, con un sorriso che più aperto non si potrebbe.

«Torni a casa tua, dopo otto anni, mica penserai de sta' chiuso qui dentro tutto er tempo?»

«Ciao Marce'.»

Il sorriso frana in un istante.

«Ancora con 'sto Marcello, io so' Lello, ma c'hai avuto quarche problema de memoria? Hai sbattuto er cranio da quarche parte? Lello. Lel-lo.»

«Ciao Le'. E dove andremmo?»

Istantaneo, come la lampadina dopo aver premuto il tasto, il sorriso di Marcello si riaccende.

«Oh, bravo. Mo' vojo vede'. Come dove annamo? Dove annamo sempre.»

Gabriele cerca di ricostruire, riannoda fili, pezzi di ricordi e vita. Il risultato sembra lasciarlo piuttosto incredulo.

«Dal sor Antonio. Ancora al bar del sor Antonio?»

«Come ancora? E dove vorresti anna'?»

«È ancora aperto? E soprattutto è ancora vivo?»

«E chi lo ammazza? C'ha ottantasei anni, a breve però

cede er bar, nun ce posso pensa', a 'na famija de cinesi, te rendi conto?»

«E tu vai ancora tutti i giorni da lui?»

«Mica solo io, noi, er gruppo nostro, dopo il lavoro, per chi lavora ovviamente, er punto de ritrovo è sempre lo stesso.»

«Dovrei lavorare, mi dispiace.»

«E dài, e che vuoi sta' fino a sabato recluso dentro casa, e poi rivede' i posti dove sei cresciuto, possibile che non te faccia piacere?»

È Tania ad aver risposto, è entrata nella stanza del figlio e si è avvicinata a Marcello, se lo abbraccia.

«Mamma tua come sta?»

Lui alza le spalle, nessuno gli darebbe i suoi trentacinque anni.

«Come sempre. A letto. Ma è viva e a me basta questo. De cervello è sempre la stessa, la conosci, 'na gran cacacazzi, ma è solo l'apparenza.»

«Salutamela.»

«Certo. Allora? Bell'addormentato, che hai deciso, fai la mummia dentro casa o esci co' me?»

«Esco co' te, ma come hai fatto?»

Marcello non capisce, neanche Tania.

«Dico, come hai fatto a rimane' uguale a otto anni fa, stesso... tutto, stessi posti, stessa vita, identico a come te ricordavo, come hai fatto?»

Sembra un complimento, e forse lo è, oppure è l'esatto contrario: un insulto. La constatazione di un'immobilità al limite dell'umano, meglio, la reiterazione della stessa vita senza null'altro a volere.

Gabriele ne è attratto e al tempo stesso, non può negarselo, nauseato. Se pensa a tutto quello che lui ha realizzato negli ultimi otto anni.

«E come ho fatto? Magno, bevo e tifo Roma.»

Marcello ride, dà una pacca sulla spalla a Gabriele, lui si lascia andare, ma avrebbe voluto altro, anche se sa per primo che non esiste risposta per le sue domande. È la vita per come si è svolta, per come si svolge, a muovere le persone, oppure a tenerle alla catena.

Il destino mette alcuni in viaggio, come nel suo caso, altri invece li cristallizza come insetti nell'ambra, immobili all'infinito.

«Quanto so' felice de rivedette.»

E via un nuovo abbraccio.

Marcello porta una t-shirt nera a marchio Gucci di una taglia in meno rispetto all'ideale, inoltre non ci vuole l'occhio di un esperto per capire che sia falsa, una contraffazione di quelle palesi. Sotto, indossa il pantalone di una tuta Adidas, ai piedi due Nike alte. Fra loro ci sarà una differenza di almeno venti centimetri di altezza.

Gabriele cammina accanto all'amico lungo via Lemonia e, intanto, se lo guarda, studia. Assieme hanno fatto asilo, elementari e medie.

L'infanzia sembra, quando un adulto si volge all'indietro a rimirarla, un tempo infinito, lungo secoli, invece sono pochi anni. In tutto dodici, al massimo tredici. Poi esplode la pubertà, l'adolescenza, i sensi fioriscono e si diventa altro.

«Più che aprile sembra giugno, pe' fortuna me so' messo in maniche corte.»

«È vero.»

«Dovevi vede' quando c'è stato l'omicidio de Diabolik, il capotifoso della Lazio, per due settimane nun avemo vissuto. Via Lemonia sembrava un set cinematografico. C'erano più giornalisti e guardie che residenti.»

«Ho seguito tutto sui quotidiani.»

Gabriele gli risponde senza mai smettere di osservarlo.

Gli vengono in mente i suoi colleghi di Milano, e quelli di Londra, Tokyo, New York. La loro postura, integerrima, di chi appartiene all'élite, anche quando vestiti da straccioni, ma da straccioni ricchissimi, una povertà ricostruita con capi da migliaia di euro. Chissà cosa penserebbero a vedere Marcello.

Se la nostalgia si fa sentire come una febbre, delirante o meno, il senso di colpa è più localizzato. Un crampo fra bocca dello stomaco e gola, una specie di reflusso, non di acidi gastrici, ma di coscienza sporca.

È il cielo a venire in soccorso a Gabriele.

Svetta celeste a perdita d'occhio, sovrasta tutto il Parco degli acquedotti, una vastissima zona di campagna fatta di saliscendi, coltivazioni e uliveti, addirittura un branco di pecore. A guardare quel parco non si direbbe mai che confini con uno dei quartieri più popolosi del mondo. Il quartiere Appio-tuscolano. E una delle linee di confine tra quello che era l'agro romano e l'urbanizzazione feroce dal dopoguerra in poi è proprio via Lemonia.

A Milano di spazi così aperti ce ne sono pochi.

Quella vastità fa correre il respiro di Gabriele, sembra infondergli un'energia improvvisa, gli cambia i connotati dell'umore.

«Ecco er bar del sor Antonio, tutto uguale.»

Marcello allunga il braccio, indica a un centinaio di metri, sotto uno dei palazzi che affacciano sul parco, un bar con sedie e tavolini all'aperto.

«Nun me di' che non sei contento.»

Gabriele annuisce, ed è vero, l'ultimo tratto di camminata è stato come una medicina. Rivedere il Parco degli acquedotti lo ha riannodato al suo passato.

Mano a mano ha recuperato l'orientamento, e ricostruito.

«Lello bello, so' contento.»

Lui si ferma.

«Mo' te ricordi come me chiamavi!»

Gabriele lo tiene un poco sulle spine, ma non riesce a trattenersi per molto:

«Lello bello. A bigliardino tu in porta, io in attacco.»

Lui dalla gioia alza le braccia al cielo.

4

«Ma che se volemo racconta', che Cristo è morto de Covid. La foto è inequivocabbile.»

Cristiano guarda il display del suo telefonino. In un'immagine sgranata, si vede Gabriele baciarsi con un uomo anziano, distinto, almeno questo è quello che sembra.

«Se stavano a bacia', lui co' er capo suo, come se chiama, Zardi. Anche perché, je vojo bene come 'n fratello, ma parlamo de Gabriele Bilancini, fijo de Mauro er pesce. Uno così va a Milano e arriva a esse quello che è diventato lui. Daje su, ma de che cazzo parlamo. È sempre stato un bel ragazzo, er vecchio l'ha visto e bum. Poi se so' inventati la storia del fidanzamento co' la fija de lui pe' nasconde la relazione. Mamma mia. Nun ce posso pensa'.»

Cristiano finisce di parlare e nello stesso momento schiaccia la sigaretta nel posacenere.

A un tavolo all'aperto del bar del sor Antonio ci sono lui, Vanessa e Francesco. I ragazzi della sorpresa orchestrata da Tania ieri sera al ristorante Piccola Sardegna.

«Pure secondo me nun ce so' dubbi. Se non c'hai agganci non arivi, te fanno senti' er profumo e poi te lo levano da sotto er naso. Infami.»

Francesco parla con un filo di voce, sempre distante, spento, lui dà giusto un'occhiata alla foto.

«Io non la voglio vede', sarà la miliardesima volta che gira, senza parla' dei social.»

Vanessa commenta così quello che sembra a tutti gli effetti un discorso trito e ritrito, senza staccare gli occhi dal suo telefono, digita di continuo, concentrata.

Il trio non sa che sono in arrivo Marcello e Gabriele.

I due li guardano da lontano, il dialogo attorno al tavolino non deve essere molto divertente, in più non si può non notare che tutto quello che si stanno dicendo gira attorno a qualcosa contenuto in un telefono.

«Staranno a parla' de Francesco. Quello nun se riprende più, lo stanno a bombarda' de farmaci, noi tentiamo de tirarlo su, ma non ce se riesce.»

Marcello, in realtà, teme che a quel tavolo si stia parlando di altro.

Anche Gabriele ha lo stesso timore. Anzi, per lui è una certezza.

Della serenità donata dai suoi luoghi d'infanzia nulla è rimasto.

Aumenta l'andatura per raggiungere il tavolino.

«Me gioco un euro se indovino il discorso che stavate a fa'.»

Gabriele ha parlato rimanendo in piedi.

Vanessa appena lo sente mette via il suo telefono. Cristiano ci fa caso e si stranisce:

«Aó, con noi manco 'na parola, è arivato Gabriele e subito hai messo via er telefono.»

Lei diventa paonazza, ma non si fa certo intimidire.

«Cristia', a una classifica mondiale de stronzaggine tu arriveresti secondo, a differenza di casa tua dove entrano due stipendi al mese, er tuo e de tu' moje, io so' sola e vivo con uno stipendio soltanto, non è facile, dovrei prende gli alimenti da quello che era mi' marito, ma sta messo peggio de me. Io con il telefono ce lavoro, chiamallo lavoro forse è troppo, me rivendo gli abiti usati, i trucchi da un sito che me dà una percentuale. Saranno al massimo cento-duecento euro al mese. Ma per me so' come oro. Tra l'altro 'sta storia te l'ho raccontata spesso, ma te sei troppo egocentrico pe' senti' quello che dicono gli altri.»

Cristiano abbozza, torna a guardare Gabriele, ancora in piedi accanto al tavolino.

«Gabrie', non sta' in piedi che me metti l'ansia, e poi, daje, giocamo, vedemo se indovini de che stavamo a parla'.»

Gabriele si siede, Marcello fa lo stesso.

«Voi parlavate della foto. La foto mia. Quella con Zardi. Hai sempre giocato a fa' er duro, vediamo se c'hai il coraggio di dire che non è vero.»

Cristiano guarda gli altri, tanto Francesco quanto Vanessa sono rimasti immobili, senza sapere cosa fare, cosa dire.

«Hai vinto un euro. Parlavamo de quella foto, ma senza...»

«Scusa se te interrompo. Ma su questa cosa, se permetti, avendola vissuta, te la racconto io la verità.»

Cristiano è sempre stato, o perlomeno si è sempre sentito, il capo del gruppo, anche per via dell'età, per quei quattro-cinque anni in più che ha rispetto agli altri. Annuisce: parlasse lui.

«Nessuno più di voi sa quanto ho sempre amato il disegno, quello che è successo è quello che ho raccontato ovunque. Questa storia la dovreste conoscere voi meglio di chiunque altro, perché è con voi che l'ho condivisa, almeno l'inizio. Nove anni fa ho spedito il progetto della poltrona e di altri pezzi a quello che per me era un mito,

47

dopo qualche settimana mi ha squillato il telefonino. "Sono Franco Zardi, piacere." Nun ce potevo crede. Mi invita a Milano, per parlare dei miei lavori, gli erano piaciuti, ancora mi ricordo le parole esatte: "C'è un'armonia autentica, non è foggia".»

Gabriele guarda uno a uno i suoi amici.

«Questo è quello che già sapevate, ora ve racconto il resto. Vado su e inizio a lavorare per lo studio Zardi, tempo un paio de settimane incontro la figlia e me innamoro all'istante. Dopo un anno, come niente fosse, Franco in persona mi dice che presenterà la mia poltrona al mercato internazionale, che la presenterà a nome mio, voi nun potete capi' che significa per un giovane designer, di solito quando sei all'inizio lo studio per cui lavori se intesta i progetti, in pratica se li ruba. Invece, con me no. Proprio con me. Gabriele Bilancini. Uno che ha preso il diploma di design alla regione Lazio. Da lì gli anni sono volati. La poltrona Bilancia ha fatto il botto e di punto in bianco mi sono ritrovato con la gente che me voleva intervista'. E poi due anni fa c'è stata quella foto maledetta. Stavamo ultimando l'allestimento del nostro spazio al Salone del mobile. Franco mi chiese una mano per spostare un tavolo della sua nuova collezione, è perfezionista in modo ossessivo. Nella foto, è vero, pare che ci stiamo baciando, ma è un effetto ottico, la foto schiaccia, non tiene conto della distanza che c'era fra noi, almeno una quarantina di centimetri.»

«A Gabrie', non devi da' spiegazioni a nessuno. Non te c'avvelena', tranquillo. Che te prendo da beve?»

È Marcello, vedendo l'amico con le vene del collo rigonfie, gli occhi arrossati, ha tentato di fermare quel fiume in piena, ma Gabriele nemmeno lo ascolta.

«Lo sapete che significa lavora' giorno e notte per quello che hai sempre sognato? Il sabato e la domenica, quando gli altri si riposano, fare corsi di lingue, perché io a parte italiano e romano non ne sapevo una. Non fermarsi mai. E alla fine vedere il sogno realizzarsi. Poi basta una foto. Franco Zardi e il suo studio sono tra i cinquanta brand italiani più famosi al mondo. Ovviamente era lui che volevano colpire, fare scandalo su di lui. Franco se li è scrollati di dosso come polvere, a me invece m'hanno ammazzato. L'omosessualità non c'entra, se fossi diventato gay lo avrei detto, non è questo il problema. È vedere tutta la fatica fatta bruciata in un secondo. Altro che lavoro, talento, il ragazzo è la nuova fiamma del padrone. C'ho messo mesi per riprendermi.»

I quattro amici hanno ascoltato.

«Io ti credo Gabrie', non ho mai avuto dubbi.»

Vanessa dichiara il proprio pensiero, e intanto lo guarda con un sorriso pieno d'ammirazione.

«A me manco me lo devi chiede, è da ragazzino che disegni, hai passato 'na vita a disegna'.»

Marcello la segue senza esitazioni.

Francesco condivide il pensiero degli altri, senza parlare, ma questo dicono i suoi occhi. Anche Cristiano, alla fine, sembra convinto, solo una cosa non riesce ad andargli giù.

«Te credo pure io, Gabrie'. Solo 'sta storia dell'omosessualità. Quindi se eri frocio annava tutto bene? Tutto regolare?»

«Certo. Che problema c'era? Non te capisco.»

«Ma niente. Ormai se non sei frocio te devi quasi vergogna'.»

Gabriele storce la bocca.

«Perché, per te è un problema se uno è omosessuale?»

Cristiano la prende sul ridere.

«No, no. Oggi er problema è esse etero.»

In quello stesso istante, arriva sul telefono di Gabriele una notifica, è un messaggio di Camilla.

Ciao, come va la rimpatriata? Ti manco?

Lui si allontana per scrivere.

Bene, dài, con i miei amici è uscita la storia della foto, non me ne libererò mai.

Ma che dici? Te ne sei già liberato, è morta e sepolta, poi è ovvio, qualcuno che la tirerà fuori ci sarà sempre. Ma ormai tutto viaggia alla velocità della luce, Gabry quella foto è come se avesse un miliardo d'anni. Non vale più niente.

Se lo dici tu. T'amo Camilla Camomilla.

Anche io, ci sentiamo stasera, Gabriele de Roma.

«Che ve porto?»

Una voce ancora in forze, senza grazia, chiede a tutto il tavolino.

«Sor Anto', lo riconosce 'sto ragazzo?»

Il sor Antonio ha un fisico imponente, pochi capelli, porta una camicia azzurrina non proprio fresca di bucato. Si fissa su Gabriele.

«Er fijo de Mauro er pesce, quello che ha avuto successo a fa' i mobbili. C'avevi l'occhi più bòni da ragazzino.»

«Io direi cinque spritz, pe' te, Gabrie', va bene?»

«Sì, perfetto.»

Il sor Antonio mostra la sua età quando si mette in moto, il suo passo è rallentato, l'andatura leggermente piegata da una parte.

Quando cammina, è come se la vecchiaia gli si aggrappasse alle gambe.

5

I bicchieri degli spritz sono vuoti, e non sono cinque, ma molti di più.

«Certo Gabrie' che tu sei stato quello più fortunato in tutti i sensi.»

È sempre Cristiano a condurre le danze.

«Perché?»

«Come perché, guarda Lello, pare un frate, c'ha 'na chierica perfetta.»

Indica a Gabriele la nuca di Marcello, priva quasi del tutto di capelli. Lui si risente, continua a portarli come quando era ragazzino, rasati a zero ai lati e a spazzola sopra, ma i segni della calvizie, anzi, i vuoti, ci sono tutti.

«A bello, che te credi, pure tu te stai a dirada'.»

Cristiano guarda gli amici attorno al tavolo.

«Quanto me piace quando rosica pe' i capelli.»

Ridono tutti, l'effetto degli spritz si fa sentire.

Con il suo passo è tornato al loro tavolino il sor Antonio, con vassoio al seguito.

Tutti lo aiutano a metterci sopra i bicchieri.

«Quando abbiamo finito vengo io alla cassa a pagare. Dopo tanto tempo che non me facevo vede' mi sembra il minimo.»

«A me basta che pagate.»

Gabriele gli sorride.

«Sor Anto', è rimasto uguale uguale, non è cambiato de 'na virgola.»

«E che voi cambia'. Nasci quadrato, mòri quadrato.»

Se ne torna verso il bar, a passo ancora più lento per via del vassoio pieno di bicchieri.

«E pure er sor Antonio ce tradisce, pure lui. Fra un mese qui c'avremo Jackie Chan e famiglia. Ormai ce so' più bar de cinesi che de romani.»

«Nun ce posso pensa' nemmeno io che non lo vedremo più.»

Francesco, il meno loquace del gruppo, si accoda alle parole di Cristiano.

L'atmosfera cambia, diventa grigia, plumbea.

«In fondo è normale, è il tempo che passa, guarda noi, io se penso che c'ho trentacinque anni nun ce credo. Noi rispetto ar discorso delle generazioni che dovremmo esse, millennial? Giusto?»

Marcello ha parlato con voce leggermente rallentata, non sembra reggere bene l'alcol.

«No. La nostra è la generazione S, la esse de stronzi.»

Vanessa ha risposto di getto, anche se poi se ne pente, guarda in direzione di Gabriele in difficoltà, si vede che ci tiene a non fare brutta figura.

Lui per fortuna ride, anche se con poca convinzione, sembra avere in serbo qualcosa, i suoi occhi fissano Cristiano.

«Prima, mentre parlavi, perché hai detto "pure er sor Antonio ce tradisce"? Chi altro lo avrebbe fatto? Me gioco er secondo euro: scommetti che indovino?»

Cristiano sembrava aspettarlo al varco. Stira la schiena e allunga le braccia, si mette composto sulla sedia.

«Hai vinto pure er secondo euro, se vai avanti così me rovini.»

«E secondo te perché so' un traditore? Perché per lavoro so' andato via? Perché ho avuto fortuna? Tu' padre e tu' madre non vengono dalla Basilicata? Pure loro so' traditori? È vero. Io per otto anni non me so' fatto più vede'. Ma te l'ho detto il motivo. Perché non me so' mai fermato. Se poi tu me consideri un traditore, perché m'hai invitato alla festa? Perché sto qua?»

Cristiano non risponde, non ha la vena polemica di sempre, è amareggiato, di più, affranto.

«Gabrie', te ricordi er cesso alla turca del sor Antonio?»

«E mo' che c'entra?»

«Dimmelo, te lo ricordi?»

«Certo che me lo ricordo.»

«Con chi c'hai pisciato la prima volta?»

Gabriele è invaso dal ricordo, guarda Cristiano, la sua faccia scura con niente di buono sopra.

«Con te.»

«C'hai ragione, Gabrie': la vita decide pe' noi. E nessuno può giudica' nessuno. Ma noi avemo vissuto per anni come fratelli, e tu da un giorno all'altro sei sparito. Io, noi, c'avemo sofferto. Te, tu' padre e tu' madre, siete stati come parenti, avemo magnato e bevuto assieme, da ragazzini.»

Cristiano manda giù l'ultimo sorso di spritz.

«E poi ricordate una cosa. Se sei svejo, lo devi a 'sto quartiere, a quello che avemo vissuto assieme, nasce in certi posti te accelera la velocità der cervello, è come 'na giungla. I ricchi vanno a rilento. Ve ricordate quando ce invitò Corsetti? Quello che fece un anno a scuola nostra e poi scappò via. Er padre che era? Senatore? Ministro? Ve ricordate quando ce invitò ar compleanno suo, ancora me ricordo la villa sull'Appia antica.»

Tutti tornano indietro nel tempo, si uniscono nel ricordo.

«Ma ve ricordate che mummie che erano l'amici sua? Che rottura de cojoni? Erano spenti. A quattordic'anni sembravano più vecchi de mi' nonno. Quanto avemo resistito a quella festa?»

«Er tempo che è servito a te pe' pisciaje dentro la boccetta del profumo.»

Scoppiano tutti a ridere, anche Francesco, Marcello è entrato con tempi perfetti.

«Però non parlamo solo del passato, sennò poi me deprimo, io, Gabrie', 'na cosa te volevo chiede, però un po' me vergogno.»

Infatti, si è ingobbito sulla sedia per l'imbarazzo.

«Lello bello, te me poi chiede tutto.»

«Ma tutto tutto?»

«Tutto quello che vuoi.»

«Quanto... sì... quanto sei gonfio?»

«Che significa?»

«Se vede che te sei perso anni de vita a via Lemonia, te sta a chiede quanti sòrdi hai fatto, quanto sei diventato ricco.»

Cristiano mette in prosa. Gabriele, invece, sembrava aspettarsi qualsiasi domanda tranne questa. Sente su di sé gli occhi di tutti.

«Be', è ovvio che certi lavori... guadagni.»

«Te do una mano io: sei più da Lamborghini o Mercedes?»

«Lello bello, la Lamborghini? Ho guadagnato ma mica a quei livelli. Considera che dei profitti della poltrona io ne vedo una percentuale, mica vanno tutti a me, lo studio Zardi incassa la parte più importante.»

«Allora sei da Mercedes?»

«Sì. Da Mercedes, sì.»

«Che serie?»

«E basta! A Lello, co' 'ste macchine sei proprio malato.» Vanessa interrompe quello che stava diventando una specie di interrogatorio, anche se Gabriele, in verità, si stava divertendo.

«I sòrdi so' tutto. Coi sòrdi vivi. Senza, mòri.»

Le parole di Cristiano trovano tutti d'accordo.

Gabriele ha annuito per accontentare gli altri, ma si vede che la pensa in modo diverso.

«È vero in parte.»

Si vorrebbe rimangiare le poche parole che gli sono scappate dalla bocca. Alla sua uscita risponde un silenzio assoluto, i suoi amici lo guardano sospesi, aspettano il resto.

«È vero che senza soldi se crepa. Che se c'hai un problema e non ce l'hai, quel problema se centuplica. Senza soldi se impazzisce. E su questo non se discute. Ma so' maledetti. Non so bene come dire... non funzionano anche al contrario, almeno non sempre, quando ce l'hai, quando ce n'hai tanti, t'accorgi che alla fine sei sempre tu, vojo di', i soldi non te danno quello che promettono, se non sei felice, in pace, queste cose qui non se comprano.»

La distanza che si apre fra Gabriele e gli altri è siderale, lo guardano come un alieno. Nessuno di loro sembra neanche lontanamente prendere in considerazione le sue parole.

«Lo so che pare un discorso del cazzo. Ma è così. Conosco gente miliardaria che è infelice da fa' spavento. Perché non c'hanno più desideri, non c'hanno più niente da insegui'. E poi, davanti alle cose che contano nun ce so' differenze. La morte, il destino, nun stanno a guarda' er conto in banca.»

Per quante parole abbia profuso, il distacco fra lui e i suoi amici non è diminuito.

«Gabrie', non scherzamo, i sòrdi so tutto, risolvono tutto, salute, bellezza, davanti alla morte nun ce so' ricchi e poveri, certo, ma bisogna vede' come c'arrivi...»

È Vanessa la prima a rispondergli.

«I sòrdi te parano er culo, pure rispetto alla morte, senza sòrdi te fanno crepa' dentro 'n ospedale, come 'na bestia.»

Le va dietro Francesco, con i suoi occhi che da vuoti si sono fatti spiritati.

Marcello non dice nulla, ma anche lui è con gli altri.

Cristiano, invece, ha cambiato espressione, la rabbia che ora lo sta attraversando si legge a chilometri.

«I sòrdi. Nun parlamo de morte, ma de vita. Oggi è tutto più confuso, guarda Lello, c'ha un iPhone che a comprallo te ce vojono più de mille euro, e invece tu, Le', come lo paghi?»

«Ho dato duecento d'acconto, poi trentanove euro al mese aggiunte all'abbonamento del telefono, pe' trentasei mesi.»

«Oggi è tutto così, pure online, vuoi compra' una cosa che non te puoi permette? E via con le rate, i finanziamenti ormai so' istantanei. Ah, nun parlamo de gioca' a fa' finta d'esse ricchi, c'avemo sempre er soggetto giusto davanti, vero Lello? Sta majettina che porti oggi de chi dovrebbe esse?»

«Questa è Gucci, comunque nun te preoccupa', Cristia', so' er soggetto tuo da quando ero ragazzino, vai tranquillo.»

«E 'sta majetta quanto l'hai pagata? E quanto costa quella originale?»

«Pagata dodici euro, più venti de corriere, quanno ordini dalla Cina è così: costa più er trasporto che l'articolo. Originale costerà sui cinquecento, seicento euro, ma che ne so quanto costa vera?»

«Vedi? È come er Monopoli, ce fanno gioca' a fa' finta de compra' le cose loro, te l'ho detto: è tutto più confuso. Ma quando stai con l'acqua alla gola, quando l'unica garanzia che c'hai è che non c'hai nessuna garanzia, e i sòrdi te servono pe' vive, pe' sopravvive, allora er discorso cambia. Allora diventi un lebbroso. I sòrdi te fanno rispetta', da vivo e da morto, c'è chi è costretto a prende un finanziamento pure pe' pagasse er funerale.»

Cristiano ha parlato senza mai smettere di guardare Gabriele negli occhi.

«Io devo torna' a casa, mamma sennò se preoccupa, pe' fortuna dovevamo parla' de cose più leggere.»

Marcello si tira su dalla sedia per primo, a ruota lo seguono gli altri. È il più mesto, sa che è stato lui, con la sua curiosità, a rovinare il clima di quel pomeriggio. Si sforza per tornare quello di sempre.

«A Lello tuo però una cosa je la devi di': come fai a vive a Milano?»

«A Milano de bello c'è solo er treno pe' Roma!»

Hanno risposto tutti in coro, tranne Gabriele. Un minimo di buonumore rinasce sulle facce di tutti.

«Ma che je potemo di' a Milano?»

È Cristiano a parlare.

«La nebbia non c'è più, con l'Expo è diventata sempre più bella e internazionale. Che je potemo di'?»

Si rivolge proprio a Gabriele, che concorda con lui senza mostrare dubbi.

«Che resterà pe' sempre 'na valle de lacrime, senza sole, grigia come er purgatorio.»

Cristiano scoppia a ridere. Gabriele incassa, scrolla la testa, il sorriso storto di chi è stato appena fregato.

«Cristiano Pontrelli. Stronzo eri e stronzo sei rimasto.»

«Non so' stronzo, so' sincero.»

L'abbraccio fra loro è sempre veloce, frugale.

Ognuno va per la sua strada, Gabriele guarda l'ora, accelera il passo.

Il cielo non ha mai smesso di essere pulito, illuminato, se ora si va spegnendo è per la notte che si avvicina.

6

Mauro er pesce, in tuta da meccanico azzurrina, è seduto davanti alla piccola scrivania dentro la sua officina. Trenta, trentacinque metri quadri al massimo, da un lato un piccolo ponte sollevatore per tirare su le due ruote da riparare, alla parete opposta il banco da lavoro con tutti gli attrezzi. Il resto dello spazio è invaso da scooter e moto, si fa fatica quasi a passarci in mezzo.

Gabriele se lo guarda mentre è preso chissà da quali conti, scritture. Sapesse, suo padre, che l'amato figlio pur di nasconderlo agli occhi del mondo, del suo mondo, lo ha dato per malato, appestato.

"Vergogna della terra."

Una voce inesistente per quanto feroce gli esplode nel cervello, gli piega il capo in avanti. Cerca di scrollarsela via, come fanno i cani con la pioggia. Reagisce.

«Papà?»

Lui si gira, sul naso gli occhiali per la presbiopia, sorride al figlio.

«Aó, che sorpresa, te faccio un caffè?»

Gabriele fa segno di no.

«È quasi ora di cena.»

Mauro accende il telefono, guarda l'ora e rimane al limite dello sconcerto.

«Nun ce posso crede, io pensavo fossero al massimo le sei, sei e mezza. Me sto proprio a invecchia'. Se m'aspetti me levo la tuta e andiamo a casa insieme.»

«So' venuto per questo.»

Il padre va a infilarsi dentro una porticina e se la chiude dietro. Lì c'è il bagno-spogliatoio.

Gabriele, intanto, come per ogni luogo che ha recuperato dalla memoria da quando è tornato, è letteralmente rapito dall'officina del padre, dove lui è cresciuto, facendo spesso pure qualche danno. Da ragazzino sembrava grandissima. Lui arrivava e si metteva a fare l'aiutante, il padre stava al gioco, gli chiedeva gli attrezzi da prendere e quelli da posare. Ma bastava il richiamo di qualche suo amico per mollare tutto e scappare via a giocare.

Mauro, ovviamente, lo lasciava fare.

«Pronti.»

Il padre spegne le luci, poi si allunga per afferrare la maniglia della saracinesca.

«Nun ce prova'.»

Gabriele ordina e il padre, come da bambino, accetta il suo volere: la saracinesca la chiude lui.

L'officina di Mauro er pesce si trova in una delle tante vie e viette che da via Lemonia portano verso via Tuscolana. Sarà distante non più di trecento metri dall'appartamento della famiglia Bilancini.

Padre e figlio camminano in silenzio.

«Non te sei stancato dell'officina? Di lavora', intendo.»

La domanda di Gabriele cade nel vuoto, o almeno la risposta non sembra arrivare. Nulla di nuovo sotto il sole, sono i tempi di Mauro er pesce.

«Perché me fai 'sta domanda?»

Bastava solo attendere.

«Perché lavori dentro quel posto da quando c'avevi quattordic'anni. E se sei stanco c'hai tutto il diritto. Se vuoi smettere non c'è problema, vi do una mano io, la pensione da artigiano, da quello che so, non credo sia granché.»

Il padre si ferma, fa una carezza veloce al figlio, piena di pudore.

«E per fare che cosa? Pe' mori' a casa davanti al televisore? L'officina me tiene vivo, non saprei che fa'. Me invecchierei prima del tempo. E poi, lo sai, io i motori li adoro. Dopo tu' madre e voi, so' la cosa che ho amato di più in vita mia.»

Ora è Gabriele a farsi attendere.

«Lo sai che te dico, papà? C'hai ragione. Ma se c'avessi bisogno...»

«Già che aiuti tua sorella, noi stiamo bene, pensa a te, ogni tanto me sembri irrequieto, anche quando ce vedevamo dentro 'no schermo de computer in videochiamata, magari me sbajo. Te c'hai avuto fortuna, anzi, scusa, te hai avuto successo, ma la vita non diventa mai facile, questo non te lo scorda'.»

Prende sottobraccio il figlio.

«M'è venuta in mente 'sta cazzata. Pensa se adesso venisse qui uno e me dicesse "caricate sulle spalle 'sto sacco nero, ma fa' attenzione che pesa più d'un quintale". Un quintale da tira' su da soli è tanta robba. Se poi è un quintale de ghisa o d'oro massiccio mica cambia niente.»

«Quanto è vero. Me so' mancate le storie tue, le metafore tue.»

Lui si schermisce.

«Macché storie, metafore, so' tutte cazzate, provo a di' le cose in modo diverso, tutto qui. Se fosse ancora viva tua nonna direbbe che non c'è vita senza croce. Questo.

Qui, tutti te osannano, pensano che vivi nel paese dei balocchi dove tutto è bello e facile, ma i paesi dei balocchi non esistono.»

Gabriele si stringe al padre.

«Il problema è se al paese dei balocchi te senti d'appartenere o meno. C'è chi c'è nato e ci vive da sempre, e chi c'arriva e non se leverà mai di dosso la sensazione d'esse uno straniero. Come se fosse d'un'altra specie. Io non pensavo. Esiste gente così diversa da noi, papà, su tutto, da come parlano a come guardano, a quello che pensano, tutto.»

Il padre si ferma a riflettere sulle parole del figlio. Alla fine scrolla la testa.

«Papà tuo su questo non te può esse tanto utile. A parte il notaio che sta sulla Tuscolana, quello che c'aveva il Vespone, qualche negoziante che s'è arricchito, ah, il pilota dell'Alitalia sposato con l'amica di tua madre che è morta. Io a parte questi, di ricchi non c'ho grande esperienza. So' sempre stato qui. Diciamo che so' un animale che ha vissuto tutta la vita nello zoo di via Lemonia.»

Padre e figlio ridono nello stesso momento.

Sono arrivati al loro palazzo.

7

Attorno al tavolo di casa, i membri della famiglia Bilancini. C'è anche Giorgia.

Tutti di fronte a un piatto di gnocchi al sugo più che generoso.

«Te l'aveva detto mamma che te faceva 'na sorpresa, da ragazzino era il piatto preferito tuo. Per secondo t'ho fatto le fettine panate, tagliate fine fine, come piacevano a te, ovviamente de manzo. Pure il dolce...»

«La torta con le mele. Aó, e così no, più che un fratello me sembra risceso er messia.»

Giorgia anticipa la madre, la stuzzica com'è suo solito.

Gabriele e Mauro ridono sotto i baffi.

Tania guarda la figlia, anche a lei viene da sorridere.

«Primo: sei gelosa. Secondo: tu non hai avuto figli sennò capiresti. Perché...»

Si ferma, senza volerlo ha toccato un nervo scoperto.

«Giorgina mia, scusa, mamma non voleva.»

Ma lei non sembra aver dato particolare peso al discorso della madre.

«Non te devi scusa', è vero, ho sposato l'omo sbajato, non solo m'ha fatto soffri', ma non m'ha dato nemmeno un figlio, manco uno. Quello amava un'altra, ma mica era 'na donna, lo sapete chi amava. La sua unica storia d'amore ce l'ha avuta, ce l'ha ancora, con la cocaina. Io l'ho scoperto troppo tardi.»

«Bastardo.»

Tania non riesce a non commentare.

«Ma tanto la festa è finita. M'hanno detto che ormai sta completamente fòri de testa. C'ha 'na marea de debiti, co' gente che non scherza, nun se sa nemmeno più dove vive.»

«È sempre stato un poveraccio, ma non è colpa sua, viene da 'na famija de rovinati, er padre co' gli zii erano tutti cavallari, se so' giocati case, negozi. Non c'è niente che se trasmette di più della mania del vizio. Ma adesso cambiamo argomento.»

Mauro er pesce, a suo modo, chiude la questione.

«Te, invece, com'è andata con gli amici, te sei divertito?»

La madre interroga il figlio. Lui cerca di farsi vedere il più convinto possibile.

«Bene, dài, è uscita la storia della foto, ma quello era scontato, per il resto bene, dài.»

«Bello de mamma, chi è in buona fede se ne accorge che è un effetto ottico della foto, poi qualcuno che per invidia, cattiveria, ce vorrà vede' quello che vuole ce sarà sempre. Ma ormai so' trascorsi due anni, de acqua ne è passata. Come se dice, il tempo è gentiluomo, la foto è andata, er talento tuo è rimasto.»

Gabriele continua a mostrarsi convinto al meglio che può, gli occhi vanno alla sorella, si è isolata, lo sguardo infelice, forse per il pensiero ancora rivolto all'ex marito.

«Tu vivi sempre qui al Quadraro?»

Lei si risveglia, sorride.

«Sì, e chi se mòve. L'appartamento mio l'avevi visto, no?»

Il fratello annuisce.

«È 'na bomboniera, perfetto per una donna single come

la sottoscritta. C'è una certa persona, la madre di questa donna single, che dice che vivere al Quadraro, in linea d'aria un chilometro da qui, è troppo lontano, ma la donna single alla mamma dice che va benissimo così.»

«Ma io lo dico per dire, certo che va bene, stai a un chilometro, come fa a non anda' bene?»

Tania, chiamata in causa, non sa cosa rispondere, annaspa. Giorgia, per reazione, prende il telefono, smanetta sino a trovare quello che cercava.

«Aspetta che avvio er registratore, ripeti un po' quello che hai detto, così te lo faccio senti' quando te lamenti.»

Tania con un gesto la manda a quel paese.

«E voi, invece? Il ballo come va? Ancora me ricordo il maestro che c'avevate quando ero ragazzino, Ernesto, sudamericano de Torpignattara, maestro internazionale di salsa e merengue.»

Marito e moglie si guardano con improvvisa nostalgia.

«Diciamo che non va, dal Covid abbiamo smesso, quando è finita la pandemia siamo tornati un paio di volte, ma non era più come prima, nun so come dillo, avevamo perso il passo. C'è pure l'età di mezzo, nun semo più proprio de primo pelo.»

È Tania ad aver parlato, anche per Mauro, come accade sempre, o quasi.

«Ma state a scherza'? C'avete sessantacinque anni! Oggi a quest'età si è ancora nel pieno di tutto. Io lavoro con professionisti che ne hanno quasi ottanta e progettano per il futuro come niente fosse. L'età è tutta mentale. Siete giovani, non fate l'errore de vive da vecchi.»

«Gabri, non sai quante volte glielo dico pure io. Se stanno a ingrigi' prima del tempo, sempre da soli, sempre a casa.»

«Per carità, non saremo centenari, ma er fisico cambia, io

la sera c'ho la schiena a pezzi, lavoro da quando c'ho quattordic'anni. È vero che l'età è relativa, ma bisogna pure vede' che vita fai, e soprattutto che fatica devi fa' pe' campa'.»

Mauro si è quasi giustificato, guarda sua moglie, che asseconda le sue parole senza aggiungere nulla. Per una volta i ruoli si sono invertiti.

Gabriele, anche se partecipa alla discussione, ha iniziato a osservare e sentire tutto con occhio involontariamente esterno.

Non sa cosa stia accadendo.

Gli viene in mente un entomologo alle prese con una famiglia di insetti, dedito allo studio della loro vita quotidiana, le abitudini. Coinvolto per motivi scientifici, non certo affettivi, sono e rimarranno insetti, buoni o cattivi a seconda dell'interazione che hanno con la vita di noi esseri umani.

La sua famiglia si è trasformata davanti ai suoi occhi in un branco di scarafaggi.

È frastornato, impaurito.

Doveva passare una serata con i suoi genitori per il loro anniversario di matrimonio, a Roma, e poi ripartire subito per Milano, al massimo la mattina dopo. E invece l'invito di Cristiano lo ha obbligato a fermarsi.

Ha sottovalutato la cosa, di certo non pensava che avesse questo impatto sul suo sistema nervoso.

Naviga in un mare senza più nessun punto di riferimento, con la bussola impazzita, come nei film dell'orrore, o di fantascienza.

Gli rimane in gola sempre lo stesso sapore.

Di senso di colpa.

Di più.

Si sente nel pieno di un sacrilegio.

Il telefono vibra sul cuscino.

Gabriele si era addormentato. Guarda il display: è Camilla, ed è l'una di notte.

«Ciao, tutto a posto? Non ti sentivo e ho chiamato io, lo sai che mi preoccupo.»

«Scusa Cami', sono crollato, la giornata è stata intensa.»

«Ma per tuo padre? Com'è andato l'esame?»

«No. Per quello un po' ci siamo tranquillizzati, il risultato della TAC ce lo daranno la prossima settimana, ma c'hanno detto di stare tranquilli, non ci sono segni, è una forte bronchite, il medico gli ha dato dieci giorni di Rocefin. Continua ad avere la febbre alta.»

«E allora perché stai così? Per il progetto del divano?»

«No, lo sai, per me il lavoro è un'oasi protetta. Mi ha snervato stare qui... non mi ci ritrovo. Non pensavo che fermarmi qualche giorno in più mi stranisse così. Il mondo è cambiato ma qua è rimasto tutto immobile. Non mi ci ritrovo più. Anche con quelli di casa mia. E non faccio che tormentarmi per il senso di colpa, pe' tutto. Non parliamo degli amici. Sai, quelli che pensano che i soldi siano davvero la panacea per tutto.»

«Gabri, lo pensa il novantanove per cento delle persone.»

«Lo so, quello dei soldi era per farti un esempio, ma è così per tutto, è come se non fossimo più sintonizzati su niente. Forse so' diventato presuntuoso, la verità è questa, pure loro però...»

«Tu sai quello che ho passato per la morte di mia madre. Una volta il mio terapista mi ha detto una cosa che mi è rimasta nel cervello e non se n'è più andata: "Se una persona perde il controllo è capace di affogare in un bicchiere vuoto". Gabriele de Roma, tu sei cambiato, hai vissuto mille esperienze che ti hanno fatto diventare quello che sei oggi. I tuoi amici, casa tua, semplicemente hanno avuto una vita diversa. Goditi i tuoi genitori, soprattutto tua madre. E ti prego, non affogare in un bicchiere vuoto.»

«Grazie, tesoro mio. Come si dice a Roma: me sto' a incarta' da solo.»

«Bravo. Quando parli romano, lo sai quello che ti farei.»

Gli occhi di Gabriele passano dal torpore all'eccitazione in un guizzo.

«Allora appena torno ti racconto tutto quello che ho vissuto, ma te lo racconto in romano, mentre tu mi stai sopra.»

Camilla ride.

«Allora sbrigati a tornare.»

Anche la sua voce è cambiata, più bassa, scaldata dal desiderio.

«Domenica mattina sto a Milano, non prende impegni sino a lunedì pomeriggio.»

«Andata, tu arriva bello in forze.»

«Buonanotte. T'amo Camilla Camomilla. Grazie.»

«Di niente, se avessi dovuto ringraziarti io per tutte le volte che mi hai tirato su. Buonanotte, Gabriele de Roma, Roma che al contrario è amor, amore mio.»

Gabriele mette via il telefono.

Sì. Forse è come dice la sua fidanzata: deve godersi il momento e non pensare ad altro, senza farselo guastare dai brutti pensieri. Facile a dirsi.

Come si tengono fuori dalla testa i brutti pensieri?

III

ACQUEDOTTO AQUA TEPULA

1

La scena si ripete identica.

Tania, con la tazzina in mano, guarda suo figlio mentre dorme, lo sveglia con la solita delicatezza, un tocco lievissimo sulla spalla.

«Buongiorno.»

Gabriele reagisce in maniera meno stordita rispetto alla sera prima, ma è comunque un risveglio un poco stralunato.

«Buongiorno ma'. Tutto a posto?»

«Sì, ma la mattina sempre e solo caffè? 'Na fetta biscottata con un po' di marmellata buona, biologica, non sia mai, te dà un po' de sostanza.»

«No, va benissimo così. Di solito a metà mattinata mangio un po' di frutta.»

Lei si risente.

«E perché non me l'hai detto? Io e tu' padre non mangiamo frutta, però te la prendevo. Vado subito. Che preferisci?»

Gabriele finisce il caffè e si alza dal letto.

«Se devi uscire va bene, se esci solo per comprare la frutta a me non fa niente, arrivo al pranzo come ieri.»

«No, tanto devo usci' comunque.»

«Allora mele e banane.»

Tania si porta il dorso della mano sulla fronte, scuote la testa.

«Che stupida, me stavo a scorda' la cosa più importante.»

A passo svelto esce dalla stanza, ritorna con un borsone che poggia sul letto.

«Mamma non t'ha tenuto solo i ricordi quando abbiamo rifatto la stanza. T'ho conservato pure un po' de vestiti. Oggi te vorrai cambia', giustamente.»

«È vero. Non c'avevo pensato. Sei proprio 'na genia.»

Quanto le piace quando il figlio le fa i complimenti.

«T'ho tenuto solo le cose che ti piacevano di più.»

Dal borsone, Gabriele non estrae pantaloni e magliettine, un paio di giacchetti, ma pezzi della sua vita che lo riconducono a episodi precisi.

Su tutti una maglietta dell'Adidas. Nera.

È stato l'ultimo acquisto della sua precedente vita.

Portava quella quando lo chiamò Franco Zardi, e come dimenticarlo?

A Milano, ovviamente, andò in giacca e camicia, goffo come ogni ragazzo che non indossa per abitudine questo tipo di abiti.

«Grazie ma'. Una bella doccia, mi cambio e poi mi butto a lavorare.»

«Io me metto a spiccia', chiama per qualsiasi cosa.»

Tania fa una carezza al figlio, lui blocca la mano di lei con la spalla, la trattiene per un istante incollata al viso, sino a sentirne il calore.

Rimbombano le parole di Camilla: godersi il momento, soprattutto sua madre. I brutti pensieri esiliarli.

Ci deve riuscire.

Gabriele al portatile.

Con la maglietta nera dell'Adidas e un paio di Levi's consumati.

È immobile, guarda il progetto del suo divano, senza fare nulla.

Prende il telefono, digita al volo.

> Ciao Camilla mia, non saprei come migliorarlo. Mi tremano le gambe ma è così. Ho finito il divano. E sono soddisfatto. Ti giro tutto. Spara a zero, senza pietà.

Gabriele espira profondamente, poi spinge invio.

«Tutto a posto?»

Tania osserva suo figlio da un po', se non fosse invasa da un amore che sprizza dagli occhi in continuazione si potrebbe dire che lo stesse spiando. In mano ha una banana e una mela.

«Benissimo. Ho finito il pezzo su cui lavoravo da tanto. Dopo la poltrona Bilancia ho creato qualche altro elemento, ma piccole cose, questo è la vera seconda creatura. Puoi immagina' quanto sia importante. Con questa me gioco tutto. Camilla mi dice che devo stare tranquillo, che ormai il mio valore come designer non è più in discussione, ma per me non è così.»

«Starai in tensione.»

«Quando fai certi lavori la tensione è parte del gioco, prendere o lasciare.»

«Sì, però nun te stressa' troppo. Qui, pure tra l'amici tua, è 'n'epidemia de gente che sta male, intendo de nervi.»

Gabriele guarda fuori dalla finestra.

«Io credo che sia l'epoca, siamo tutti un po' ammalati.»

Ha risposto senza guardare la madre.

Tania si avvicina al tavolo, poggia la frutta che ha preso per il figlio.

«Una mela e una banana non troppo matura, come piacciono a te.»

Gabriele scrolla la testa.

«Te ricordi tutto alla perfezione.»

Tania gongola.

«Se non te metto nei guai, potrei vede' il tuo progetto nuovo?»

«Certo. È un divano. L'ho chiamato Novus, come uno degli acquedotti.»

«Non c'è niente da fa'. I posti dove uno nasce, cresce, restano pe' sempre.»

Intanto il figlio le ha messo il portatile sotto gli occhi. Scorrono varie immagini da diverse angolazioni.

La madre non parla più, è semplicemente estasiata.

«È meraviglioso. Sembra disegnato dalla natura, non da un uomo.»

Gabriele l'abbraccia.

«Mi hai fatto un complimento bellissimo, uno dei più belli che si possa fare. Grazie ma', veramente.»

Lei si stacca dal figlio. Il suo stato d'animo cambia velocemente, si allontana di un paio di metri, sembra serbare qualcosa, qualcosa che le brucia dentro.

«A proposito di posti dove si nasce. Mamma... te vorrebbe fa' vede' una cosa. Però prima me devi fa' una promessa. Che quello che te farò vede' e tutto quello che verrà dopo sarà fatto tranquillamente, col sorriso.»

Prende il figlio per un braccio, lo porta proprio di fronte alla finestra. Con un dito indica uno dei palazzi che come il loro affaccia sul Parco degli acquedotti, sarà distante non più di duecento metri.

«Te ricordi chi c'abitava all'attico?»

Gabriele fruga nella memoria, ma non riesce a ricordare.

«C'era la Mercuri. L'amica mia, quella con il marito che lavorava all'Alitalia, stavano bene economicamente, anche perché un attico oggi come ieri nun se lo possono permette tutti.»

«Adesso che me l'hai detto me ricordo.»

«Lei, poveraccia, è morta due anni fa, giovane, il marito era del Nord, Pavia me pare, e se n'è tornato vicino ai parenti. È in vendita, me l'ha detto la figlia che è rimasta a vive qui in zona, ogni tanto ce sentiamo.»

Gabriele non ha capito, o meglio, fa finta di non aver capito.

«Perché me dici 'sta cosa, ma'?»

Tania rimane in silenzio, sa che il figlio è troppo intelligente per non aver compreso. Lui si scosta da lei. Inizia a camminare per il salone.

«Me chiedi una cosa... impossibile... io ormai lavoro a Milano, vivo a Milano. Anche volendo, non potrei...»

«Io non voglio una risposta subito. E la promessa è de rimane' col sorriso. Io te l'ho fatta vede'. C'avevo questo desiderio. Nun so' scema, mica te chiedo de torna' fisso qui, solo de fa'... questo investimento, parla' de soldi è sempre brutto, però adesso è proprio 'n affare. E tu ce torneresti quando vuoi, una settimana ogni tanto. M'hai sempre chiesto se da un punto de vista economico potevi fa' qualcosa pe' noi, e noi t'abbiamo sempre detto de pensa' a te, aiuti tua sorella con il negozio e già è tanto.»

La notifica di un messaggio in arrivo interrompe la discussione. Gabriele sblocca il telefono, legge e si illumina, chiude gli occhi per l'emozione.

«Deve esse senz'altro 'na bella notizia.»

Tania ha assistito alla reazione del figlio, lui annuisce, felice da non riuscire a stare fermo.

«È Camilla, ha visto il nuovo progetto. Ti leggo quello che m'ha scritto: "Gabriele de Roma", lei mi chiama così, "davanti al tuo divano Novus mi sono commossa, ti amo per quello che sei, ti adoro come designer. È semplicemente meraviglioso. Se mi dai il permesso giro tutto al babbo, sarà entusiasta pure lui, non ho dubbi".»

Tania va da Gabriele, se lo abbraccia, ogni vittoria del figlio è una sua vittoria.

«Mamma sul talento tuo ha sempre messo tutte e due le braccia sul foco.»

Gabriele si distacca dalla madre.

«Le confermo che può girare il progetto al padre.»

Digita velocemente sul display, poi torna da Tania.

«Stasera brindiamo, prendo una bottiglia di champagne.»

«Mamma t'ha cucinato un'altra sorpresa. Quanto so' felice. Però non te scorda' de quello che t'ho detto.»

Lui, invece, sembra aver già dimenticato, la madre con un gesto della testa gli indica l'attico che gli ha fatto vedere.

Un'altra notifica li interrompe di nuovo.

«Sarà lei che mi vuole dire qualcosa.»

Gabriele legge e mano a mano si rabbuia.

«Non è Camilla.»

Tania lo afferma senza alcun dubbio, legge il figlio come un libro aperto.

«No. È Lello. M'invita a pranzo a casa sua. Dice che sua madre mi vuole vedere.»

«De famiglie sfortunate come la loro ce ne stanno poche.»

«Sinceramente non pensavo che la madre fosse ancora viva.»

«Campa allettata da quasi diec'anni, Tina è 'na donna

con un core d'oro. Io ogni tanto vado a faje una visita, ma sempre di meno, c'ho certi rimorsi che me se portano via.»

Prende le mani del figlio.

«Gabrie', anche se non te va, se non è facile, valli a trova', pe' Tina sei stato come un fijo.»

Gabriele sa che è vero, come sa che sarà faticoso.

«Va bene.»

«Giusto l'altra estate avemo rifatto il salone.»

Marcello abita in un palazzo che affaccia su via Lucio Sestio, una linea di confine un po' come via Lemonia con il Parco degli acquedotti, qui, però, dall'altra parte non c'è campagna e verde pubblico, ma una delle zone più famose, storiche, del quartiere Tuscolano: il Quadraro.

Il salone è piccolo, su un lato una parete attrezzata con al centro uno schermo da cinquanta pollici, dall'altro lato della stanza un divano con penisola.

«La televisione la vedo poco, ce gioco alla Play, ce guardo giusto la Roma quanno gioca in trasferta, perché in casa so' abbonato da sempre. So' romanista patologico.»

«Lello bello, guarda che me ricordo, sei tu che te scordi che pure io so' romanista.»

«Vabbè, sei un simpatizzante, er tifo è un'altra cosa, e poi de che devi esse? Vie' che mamma t'aspetta.»

La malattia è come un'enorme perturbazione. C'è chi viene lambito in modo leggero, un po' di pioggia, un po' di vento. Poi c'è chi vive dove la perturbazione staziona al massimo della sua furia.

Nel caso della mamma di Marcello, una furia immobile, per come può essere una donna paralizzata nel suo letto, almeno un quintale di peso, con i tubicini al naso che la collegano alla bombola dell'ossigeno.

Appena vede Tina, Gabriele ha la sensazione che il suo corpo sia diventato della stessa forma del letto, si sia allargato e allungato.

Il viso è l'unica parte ad aver mantenuto la forma originale, anche se è invecchiato parecchio. Di un colorito, questo pensa Gabriele addolorandosi, che è quello dei vivi che sfiorano i morti.

«Vie' qua, fatte strigne.»

Tina si abbraccia Gabriele, se lo tiene stretto a lungo, poi gli prende il viso tra le mani.

«Sei diventato 'n omo, bellissimo, sei sempre stato bello. Lello mio è 'n angelo, ma è come era er padre: 'na patata.»

Marcello stava sistemando il muro di medicine messe in bell'ordine sopra il comò della camera, si gira di scatto, fra il serio e l'ironico:

«Grazie ma', ogni volta che esco da 'sta stanza c'ho psiche e umore che vanno a cento all'ora. Grazie sempre.»

Lei lo chiama con un cenno, appena il figlio si avvicina la madre lo tira a sé con irruenza, lo agguanta con tutta la forza che ha ancora nel corpo.

«Ma tu sei l'amore mio. Non sei un fijo, sei 'n angelo. Amore de mamma.»

Marcello si lascia cullare, con l'espressione di chi null'altro ha da pretendere dall'universo.

Agli occhi di Gabriele compare il bambino conosciuto all'asilo, che si faceva pipì addosso e poi scoppiava a piangere, o quello che cadeva di continuo mentre giocavano.

Chissà, forse la vita è in questi interstizi di luce.

Quando la fragilità dell'infanzia torna a vivere senza vergogna.

Questo pensa Gabriele.

Madre e figlio si slacciano.

«Che ne dici de un pranzetto e 'na partita alla Play-Station?»

«Va bene.»

«Allora vado a scalda' il forno, purtroppo non ho fatto spesa, se dovemo accontenta' de sofficini e panatine, c'ho pure le spinacine se vòi.»

«Non c'è problema, quello che mangi te, mangio io.»

Marcello sfila accanto all'amico, lui lancia un ultimo sguardo a Tina.

«Ce salutiamo dopo.»

Lei annuisce, sembra di colpo stanchissima.

«Me so' agitata troppo» dice a Gabriele, quasi a volersi scusare.

Sul tavolino basso accanto al divano, due piatti di plastica sporchi, due bicchieri, sempre di plastica, e una bottiglia di Coca-Cola piena a metà.

Marcello e Gabriele stanno giocando alla PlayStation.

«Sei sempre stato 'na pippa, ma adesso non arivi nemmeno a quel grado.»

«Lello bello, io non gioco da quando so' andato via da qui, quindi otto anni e passa.»

«Allora forse è il caso che tiro fòri qualche gioco vecchio, tipo un vecchio "Fifa", c'ho pure i classici, "Super Mario", "Assassin's Creed".»

«No, lascia perde, tanto ho perso proprio la manualità. Secondo me è meglio che giochi tu e io guardo.»

«Forse sì, me dispiace, ma hai perso proprio i fondamentali. Me cerco online qualcuno da sfida'. Eccolo. Mo' lo distruggo.»

Il gioco in questione simula con grafica ed effetti audio straordinari uno scontro armato in un territorio di guerra. Gabriele si mette a guardare Marcello in azione facendo il tifo per lui, l'amico è bravissimo, in poco batte l'avversario che aveva trovato in rete.

«Lello bello. Sei un mostro, se ce fossero le olimpiadi de PlayStation te giocheresti 'na medaglia.»

Lui ridacchia, tronfio.

«Pensa che a 'sto gioco so' uno dei primi ar mondo.»

«Ci credo. Invece...»

Gabriele si blocca, stava per chiedergli se avesse una donna, una relazione, ma si rende conto che non è il caso.

«Invece... niente. Volevo sape' che fanno gli altri, intendo come lavori, vita.»

Marcello, nel frattempo, ha trovato un altro giocatore da sfidare online.

«Cristiano lavora con una cooperativa all'aeroporto di Ciampino, la moje fa la bidella a 'na scòla sulla Prenestina. Vanessa è cassiera alla Lidl dietro Giulio Agricola, s'è separata lo scorso anno. Francesco nun fa niente, a parte la depressione.»

«Tu?»

«Io?»

Marcello non ha mai staccato gli occhi dallo schermo.

«Io c'ho la pensione de mamma.»

La notifica di un messaggio arriva sullo smartphone di Marcello, ha la cover con la lupa capitolina e i colori giallorossi.

«Ringrazia er telefono, sennò t'avrei smontato in tre minuti.»

Parla con il suo sfidante online, poi abbandona la partita per andare a vedere chi gli ha scritto.

«È Cristiano, ha finito prima al lavoro e ce chiede se volemo anda' al campetto a tira' due calci al pallone.»

Gabriele sorride.

«Sei contento, bene, pure io vojo gioca', je rispondo de sì, tempo mezz'ora e arrivamo.»

Marcello ha frainteso. È vero che Gabriele ha sorriso, ma solo per l'enorme déjà-vu che ha appena finito di attraversargli la mente.

«Io sto in jeans, come faccio a giocare?»

«Mica è 'na partita de serie A, giocamo pe' diverticce. Andiamo a saluta' mamma.»

Gabriele obbedisce a tutto quello che l'amico propone. Questa giornata è dedicata a lui.

Ma il suo buonumore, l'accettazione di tutto senza nulla da ridire, nasce da altro. Dal progetto del suo divano che ha fatto impazzire di gioia Camilla.

Chissà, magari proprio ora, in questo momento, lo starà vedendo il boss, aspetta il giudizio di Zardi come quello di nostro Signore.

«Mamma?»

Tina si era addormentata, lentamente si sveglia.

«Noi uscimo, Gabriele te vuole saluta'.»

Lui si avvicina, le dà un bacio sulla guancia.

«Ciao Tina, stai in mani buone, Lello è unico.»

Lei sorride debolmente.

«Lo so. Dà un bacio a mamma tua, è stata 'na grande amica. E te, nun credo che ce rivedremo più, in bocca al lupo pe' tutto, sei stato come un fijo.»

Gabriele si allontana, lotta, ma le lacrime lo vincono.

«A ma', nun di' così, ricordate quello che te diceva papà: pe' mori' c'è sempre tempo.»

«E infatti è morto pe' primo. Ma adesso nun ce pensate. Andate a gioca'.»

«Tu chiama pe' qualsiasi cosa.»

Tina risponde al figlio con una strizzata di occhi.

3

Il campo da gioco è un enorme spazio pianeggiante all'interno del Parco degli acquedotti, le porte, rudimentali, sono fatte con bastoni piantati per terra, la traversa inchiodata alla meglio.

«Allora a posto, cominciamo.»

Cristiano ha appena finito di discutere con un adolescente con la maglia della Roma, massimo quattordici anni. Non se ne accorge, ma quando è di spalle per tornare da Gabriele e gli altri, il ragazzino sorride dietro a un pensiero, dice qualcosa a quelli che sono i suoi compagni di squadra, suoi coetanei: esplodono tutti in una risata sguaiata.

«Cristia', i ragazzini ridono, secondo me ce pijano in giro.»

Lui si volta a guardarli, all'istante si ingrugnisce.

«Perché ce vedono vecchi, vedemo se fra un po' continuano a ride.»

«A raga', io sto in jeans, e non gioco da una vita, non ve garantisco niente.»

Gabriele è preoccupato e allo stesso tempo desideroso di giocare, è passato tanto di quel tempo.

«Io l'ultima volta che me so' pesato stavo a ottantasei chili. Per un metro e sessantuno d'artezza. Ma la penso come Cristiano: sfonnamoli. Come quanno eravamo ragazzini: l'occhi della tigre. E poi c'avemo co' noi er più grande talento de via Lemonia, de tutti i tempi. Francesco Abate.»

Marcello è convinto, carico a mille.

Francesco cerca di sorridere, cerca.

«Palla a voi, ve diamo 'sto vantaggio, vista l'età.»

I ragazzini continuano a sfottere.

Comincia la partita.

Marcello tocca la palla in direzione di Gabriele, sembra bruciargli tra i piedi, appena riesce a addomesticarla, la gira subito verso Cristiano che di prima la passa a Francesco.

Lui la ferma, la osserva, sembra non sapere cosa farci.

Quel viso così doloroso, quel corpo così piegato, di colpo sono attraversati da una specie di corrente elettrica, si accende di scatto, come un morto che per miracolo torna alla vita, come Lazzaro resuscitato.

I ragazzini diventano birilli, mentre lui volteggia con il pallone tra i piedi.

Non c'è solo tecnica, velocità, Francesco è un inno all'eleganza, la sua postura, la testa alta, sembra un principe mentre gioca a pallone.

A Gabriele viene in mente un bellissimo ricordo.

Conosceva Zardi da poco, lui lo chiamò per fargli vedere una cosa al computer, era un vecchio video in bianco e nero di pochi minuti. Pablo Picasso che disegnava dei tori. Con pochi gesti, spesso uno solo, dal nulla dava vita a forme che vibravano d'intensità.

«Non c'è definizione di talento più efficace di questa» gli disse Franco, mentre lui guardava estasiato.

La stessa cosa pensa ora Gabriele, vedendo Francesco in azione.

È come se l'esercizio del suo talento lo rendesse bellissimo. Lui e tutto quello che ha attorno si accendono di una luce portentosa.

Salta l'ultimo difensore per poi fermarsi davanti al portiere, il più piccolo e rotondo dei ragazzi, con una semplice finta di corpo lo sbilancia fino a farlo cadere con il culo per terra, poi con la suola della scarpa spinge la palla in porta.

Gol.

Gabriele, Marcello e Cristiano esultano, il loro urlo di gioia non è soltanto per la rete segnata, ma per quel sorriso vero, per quell'attimo di felicità ritrovata, che sta vivendo ora Francesco.

Gli corrono tutti addosso, se lo abbracciano, lui ansima per il fiatone.

Mentre è stretto agli altri, Gabriele sprofonda nella mancanza di qualcosa che non sa nominare. Amicizia. O fratellanza. Oppure, comunione, piena, sincera. Una gioia condivisa senza traccia di falsità. Come quella che lo sta riempiendo in questo momento.

Forse, realizzare il suo sogno è stata la sua più grande maledizione.

Sì.

Doveva rimanere con gli amici che ora lo stanno stringendo, alla loro stessa altezza, fanculo il mondo del design e la poltrona Bilancia.

È il sorriso di Camilla a fargli rimangiare certi pensieri.

Fanno appena in tempo a godersi tutta l'esultanza.

Francesco è come una candela all'ultimo istante di fiamma.

Si spegne.

Torna ad agguantarlo quella luce nera che lo tinge di buio. Si piega sulle gambe, il viso gli è diventato livido.

«Non mi sento bene.»

Va a nascondersi dietro un albero per dare di stomaco. Gabriele e gli altri si precipitano da lui.

«V'avemo fatto vede' er più grande talento de via Lemonia!»

Marcello, mentre corre, grida ai ragazzini, rimasti immobili tutto il tempo.

Prima increduli, ora impauriti.

4

«Io stavo là. Voi nun potete capi'. Stavo dentro San Siro, co' i tre anelli pieni, *Francesco Abate, dalla Primavera alla sua prima convocazione in serie A*, c'ho ancora il ritaglio de giornale, m'allenavo fisso con la prima squadra. Ero arrivato. Me cercavano i procuratori, la sera uscivamo pe' Milano e se aprivano tutte le porte. Io ero er più forte. Non è giusto. Maledetti.»

A un tavolino del sor Antonio, di nuovo con i suoi occhi precipitati nel vuoto, Francesco si sfoga mentre beve un tè caldo, i suoi amici lo ascoltano in silenzio, Gabriele è quello più partecipe, curioso, gli altri quel racconto lo conoscono sin troppo bene, ma non per questo rimangono indifferenti.

«L'esordio in prima squadra me lo ricordo, pure la notizia che il Milan t'aveva ceduto al Cosenza, stavo ancora qui a casa, io pensavo che avessi continuato a gioca', invece?»

È Gabriele a domandare.

«Al Cosenza c'ho giocato sette mesi. Non potevo crede d'esse finito dalla serie A alla serie C, non m'allenavo più co' la mentalità giusta, alla fine me so' fermato a vive pe' qualche anno in Calabria, c'avevo 'na donna, ma è finita male. Poi è iniziata a monta' l'unica cosa che me fa compagnia adesso. La depressione. A parte loro. Senza Lello e Cristiano, forse me sarei già...»

«Me sarei niente! Non devi rompe er cazzo, France'! Qui navigamo tutti a vista, ma ricordate sempre, chi se ritira dalla lotta...»

«È 'n gran fijo de 'na mignotta.»

Nessuno manca all'appello.

«La cosa che non riesco a scorda', che me tormenta, è che dal Milan m'hanno mandato via perché davo fastidio, perché c'erano quelli che c'avevano er pedigree, come i cani: i figli dei giocatori, dirigenti. Er gioco del calcio è come qualsiasi altro lavoro, c'è sempre chi deve fatica' de meno, solo perché è nato ner posto giusto.»

La rabbia scuote Francesco sino a farlo tremare tutto, il viso prosciugato si contrae, gli occhi a fessura, la mandibola serrata.

«Io, con il design, so' stato il più fortunato. Lo so che lo pensate. Ed è vero. Però ve vojo di' una cosa. Non credete... i traguardi che sognavamo da ragazzini, io l'ho raggiunti, e non è come me l'immaginavo. Alla fine, me sembra tutta una guerra tra formiche. Ce fanno desidera' tante cose, ce mettono tante vite davanti come modelli, ma poi? Quello che conta veramente è sta' bene con noi stessi, o almeno non in guerra. So' uno dei dieci junior designer più quotati ar mondo, ma a che serve? È come il discorso de ieri sui soldi. Uno pensa che la vita quando raggiungi il successo te cambia in automatico, che se diventa felici e punto. Non è così.»

Gabriele, malgrado la codardia infantile, tutte le falsità, non è riuscito a restare in silenzio.

«E se non vale er discorso del successo, dei sòrdi, allora che campamo a fa'? Che cazzo ce stamo a fa' su 'sto mondo?»

Francesco lo guarda ancora scosso dalla rabbia, di nuovo accesa, tremante.

«Da quando sei arrivato non fai che di' che i sòrdi nun servono, che er successo nun cambia la vita. Vuoi la verità de quello che penso? Queste so' favolette, la realtà è un'altra. Se vieni dar basso, se c'hai un'origine come la nostra, te cacciano via, nun sarai mai de quer mondo, te trattano come carta igienica. In certi posti riesci a rimane' solo se je dai er culo e l'anima.»

Gabriele non s'aspettava una reazione simile, volontariamente o meno che sia, ecco di nuovo aleggiare sopra la sua testa la foto che gli ha rovinato gli ultimi anni della vita.

«Certo. Poi ce stanno quelli pronti a da' via tutto pe' esse accettati, pure a diventa' l'amante del padrone, giusto?»

Francesco lo fissa senza rispondergli, ma è proprio quello che pensa.

«Io v'ho solo raccontato la mia esperienza personale. Niente di più e niente di meno. C'è chi parte dal presupposto che se ha fallito lui devono falli' tutti e che se uno ha successo è soltanto perché è disposto a gioca' sporco. Io v'ho semplicemente detto che non è oro tutto quello che luccica. Voi non ve ne rendete conto, ma avete tante cose che per altri so' miraggi, come la vostra amicizia, un quartiere che è casa vostra. Nun potete immagina' la solitudine che se vive dentro certe vite, per carità, di grande successo, ma fredde come er ghiaccio, come 'n tavolo operatorio. Comunque, pensatela pure come ve pare, io non devo convince nessuno.»

«Io ero er più forte. E nun so' arrivato perché non m'hanno fatto arriva', perché nun so' nessuno. Io ero er più forte.»

Francesco non parla più con Gabriele, non parla più

con nessuno. Ripete questa frase verso il vento leggero che proviene dal parco.

Ora fa pena, solamente pena. Un ragazzo ancora giovane che vive travestito da vecchio moribondo, senza più nulla a pretendere dalla vita.

«Alla fine, qui me pare che semo tutti depressi.»

È Marcello a parlare.

«Forse. O forse è la vita... per come è fatta. Non lo so.»

Gabriele non sa bene cosa rispondergli, è svuotato dalla discussione, svuotato dal dolore che ora sta divorando Francesco.

Con lui i sensi di colpa vincono sempre facile.

«Guarda che puoi parla' tranquillamente, qui semo tutti depressi. Francesco, vabbè, lui da sempre, ma pure io, Vanessa. Qui stamo tutti così.»

«Parlate pe' voi.»

Cristiano stava in silenzio da troppo tempo.

«Avete detto un sacco de cose. Io, Gabrie', nun so se lo sai, lavoro a Ciampino, all'aeroporto, so uno de' quelli che porta i bagagli, e che se li perde pe' strada, vuoi sape' se so' felice? Te risponno così: nun me posso permette la domanda. Me devo fa' anda' bene quello che c'ho, perché se provo a di' qualcosa me rispondono tutti allo stesso modo: nun me posso lamenta'.»

Si accende l'ennesima sigaretta.

«Da quando sei arivato ce stai a racconta' che il successo e i sòrdi non so' tutto, e come avrai capito nun te crede nessuno. Però una cosa è vera, te la concedo. Io nun me posso permette de parla' de felicità, che poi vorrei conosce chi cazzo l'ha mai vista, ma so' un uomo che ha la fortuna de esse innamorato, de 'sto posto, dell'amici de sempre, de mi moje. Non invidio nessuno, e nessuno m'ha mai regalato niente. Tutto quel poco che c'ho me lo so' costruito io. Posso guarda' nell'occhi pure Gesù Cristo, e sta sicuro che er primo ad abbassa' lo sguardo non sarei io.»

Gabriele, quasi dovesse pagare un castigo, ha appena ascoltato il rovescio esatto della sua vita. Tutto quello che lui non è in grado di essere. Ed è provato, offeso, ma non con Cristiano, offeso con se stesso.

«Ma com'è che finimo a parla' sempre de 'ste cose? E la morte. E Gesù Cristo. Mo' ve faccio fa' du' risate, sennò a breve devo anda' da mamma e se c'arivo giù d'umore è la fine.»

La proposta di Marcello spezza l'enorme tensione avvampata attorno al tavolino, anche se l'impresa, far sparire i macigni che sono usciti fuori, sembra piuttosto ardua. Lui sa che lo aspetta una prova difficile.

«Allora. C'avete presente l'Inps de Cinecittà? A proposito, se c'avessi 'n aereo e 'o sapessi porta' la raderei ar suolo.»

«Allora ce devi ave' pure le bombe.»

Cristiano puntualizza, in realtà vuole solo distrarlo per complicargli il lavoro, per prenderlo in giro, infatti lui lo guarda male, alza la mano per fermarlo.

«Te conosco, nun fa' l'infame che me vuole fa' perde er filo. Inzomma. Vado all'Inps pe' mamma, pe' rinnova' un documento, 'na cosa de burocrazia, come ar solito. Entro, prendo er bijetto. C'avevo trentasei persone davanti. Dopo, che ne so, 'n'oretta, me viene da piscia'. Cerco er bagno, entro. Pure all'Inps se so' ammodernati: pure loro c'hanno la luce co' la fotocellula. Entro, me chiudo, la luce s'accenne e io inizio. De botto se spegne. Li mortacci sua. Alzo un braccio pe' falla riaccende, ma niente. Alzo tutte e due le braccia, niente uguale. Alla fine, pure se i dottori dicono che fa male, interrompo de fa' pipì. Inizio a balla' come 'no scemo e la luce riparte. Finalmente ricomincio. Tempo massimo tre secondi se rispegne. Mando affanculo l'Inps, le file, le cellule fotoelettriche, e piscio ar buio, a memoria.»

«Aó, arriva ar dunque.»

L'occhiata che Marcello assesta a Cristiano è di odio puro, intanto il clima attorno al tavolo si è già alleggerito, sogghignano tutti, non tanto per il racconto quanto per il modo in cui i due si punzecchiano.

«'N attimo. Te, più che Cristiano, te dovevi chiama' satanico. Inzomma. Esco dar bagno e me ritrovo de fronte 'na vecchietta co' 'n paio d'occhiali spessi mezzo metro, tipo vetro antiproiettile, più bassa de me.»

«Impossibile.»

Marcello con uno sforzo disumano non raccoglie l'ennesimo affondo, sempre di Cristiano, ovviamente.

«Lei me squadra dalle scarpe a tutti i pantaloni. Me fa: "A ragazzi', te sei pisciato addosso". Io me guardo, che figura de merda, era vero. C'avevo l'occhi de tutta la sala d'attesa a fissamme.»

«E che hai fatto?»

Stavolta è Gabriele a sollecitarlo, trattiene a fatica le risate, guarda la faccia rotonda dell'amico, che al ricordo è tornata paonazza.

«Ho detto alla vecchia: "Primo signo', non so' un ragazzino, c'ho trentacinque anni, lo prendo come un complimento. Secondo, è acqua de rubinetto". M'allontano. Penso: l'ho sfangata. E invece sento dietro de me 'sta vecchiaccia che fa: "Acqua de rubinetto, ma se dentro ar bagno non c'è er lavandino?".»

Scoppiano tutti a ridere. Marcello è felice del risultato raggiunto e allo stesso tempo ancora scottato dalla figuraccia.

«E che hai fatto?»

«Che ho fatto, me ne so' annato. Quasi de corsa.»

E ancora ridere.

«Che me so' persa?»

Con un paio di jeans strettissimi, truccata alla perfezione, è arrivata al loro tavolo Vanessa, prende una sedia e si unisce.

«Ma niente. Lello bello che s'è pisciato addosso all'Inps, niente de straordinario.»

Cristiano chiude a modo suo.

Lo squillo di un telefono irrompe.

È quello di Gabriele, sul display compare il nome di Franco Zardi.

«Scusate un attimo.»

Si allontana, almeno di una cinquantina di metri.

«Pronto, Franco?»

«Ciao Gabry, come va?»

«Bene, non tornavo da parecchio, e familiari e amici mi reclamavano, ma bene.»

Gabriele parla, ed è chiaro, cristallino, il tono che cerca di darsi, più adulto, misurato, altrettanto chiara è la fatica che gli costa assumere questa posa per lui così innaturale.

«Non voglio trattenerti, vengo subito al dunque. Sono pochi quelli che mi sorprendono due volte, tu ci sei riuscito. Il tuo divano, il Novus, è notevole, parecchio, e tu sei veramente bravo. Con maggiore austerità, mi ricorda la linea Cannaregio di Gaetano Pesce. Quello era un progetto a unità indipendenti, un componibile, tu hai dato a quell'alternanza di linee morbide una specie di geometria, non so come dire, emotiva. Meraviglioso. Non ti ho mai raccontato quello che mi dissero alcuni tuoi colleghi anziani quando decisi di prenderti in studio: "Ma veramente vuoi assumere quel ragazzino romanaccio? Senza un progetto che sia uno realizzato, con un pezzo di carta igienica come titolo?". E lo sai io cosa risposi, questo te l'ho detto tante volte: "Dobbiamo tornare al valore dell'officina, del maestro e dell'allievo, tutte queste scuole non fanno altro che istituzionalizzare lo sguardo, e il gusto". Ma non voglio toglierti altro tempo. Salutami la tua famiglia, digli che prima o poi saranno miei ospiti a Milano, o noi a Roma.»

«Sicuramente. Il fatto che il progetto ti piace mi rende felicissimo.»

«Te lo meriti.»

Gabriele è, come al solito, spezzato a metà. Gioisce per l'accoglienza che ha ricevuto la sua creatura tanto da stringere i pugni dalla gioia, aspettava questo momento da mesi, e allo stesso tempo è terrorizzato all'idea delle due famiglie unite sotto lo stesso tetto.

Torna al tavolino.

«Ma chi t'ha chiamato? Er papa? Sei scappato via, c'avevi 'na faccia tipo da prete.»

«Era Franco Zardi, il mio capo, ha visto il progetto nuovo e mi ha detto che...»

«Ah! Quello che te se inchiappetta! Tutto a posto, sì? Non è che s'è trovato uno nòvo?»

«C'ha ragione Lello bello, te nun te dovevi chiama' Cristiano, ma satanico.»

Gabriele gli ha risposto con lo stesso tono, ma non se l'è presa, Cristiano ride, la sua è un'infinita provocazione, verso tutto e tutti, è sempre stato così, fin da ragazzino. Mette su una faccia pentita, almeno ci prova.

«Vabbè va', pe' famme perdona' un giro de spritz pe' tutti, tranne Francesco che non è stato bene. Paga Lello bello.»

«'O sapevo che finiva così.»

5

«Domenica mattina ce rotolo fino a Milano.»

Gabriele commenta il piatto che la madre gli ha messo sotto il naso, nelle battute cova sempre qualcosa di vero, e questo vale per tutti, per lui sono la massima espressione di sincerità. Al tavolo sono in tre, manca Giorgia.

«Ti saluta tua sorella, stasera c'aveva un impegno che non poteva sposta', mamma t'ha fatto la lasagna in bianco, panna, funghi e prosciutto cotto.»

«Ma dopo giocamo a tombola?»

Mauro er pesce commenta così, il figlio ridacchia.

«E sentimo 'n po', perché dovremmo gioca' a tombola?»

«Ma niente, me sembra tanto, sì, un piatto de quelli natalizi.»

«Io ho preso 'na bottiglia de champagne pe' festeggia' il divano che è piaciuto, se volete vado a compra' pure un panettone.»

Il figlio dà spago al padre, Tania sta al gioco.

«La lasagna in bianco da ragazzino te faceva impazzi'. E poi a Milano mangi, come m'hai detto l'altro giorno, "un'insalata con una proteina", ma che è? 'Na medicina? Te sto a rimette in forze.»

«E certo ma', a Milano è noto che se mangia male e se vive male.»

Uno scambio di fioretto.

«Com'è andata oggi?»

«Bene. Ti saluta Tina, non credo c'abbia ancora molto tempo. M'ha fatto tanta tenerezza.»

Madre e padre accolgono la notizia con un'espressione talmente simile da farli sembrare fratelli, più che coniugi.

«Poi...»

Gabriele si arresta, scoppia a ridere lasciando perplessi i genitori.

«Poi, nun ce crederete, abbiamo organizzato 'na partita al campetto, ma è durata sì e no due minuti perché Francesco s'è sentito male. Anzi, alla fine c'ho pure discusso. Ma ovviamente non è questo. È Lello bello, ha raccontato 'na disavventura delle sue. Non ridevo così da anni.»

Tania è al settimo cielo.

«Te l'avevo detto che t'avrebbe fatto piacere rivede' l'amici, c'hai passato una vita, l'anni più belli.»

Ma Gabriele non sta ascoltando la madre. Nelle sue orecchie sono rimaste le parole che ha pronunciato, dette senza pensarci, scivolate fuori con naturalezza, nessun calcolo, nessuna paura. Ha parlato per come ha vissuto.

Non rideva così da anni.

Forse, come mai prima.

Anzi, forse, come solo prima.

Tania è passata dalla gioia per la notizia che le ha dato il figlio a un pensiero improvviso, le sta attraversando la mente, gli occhi, come un ago da tempia a tempia.

«Domani è già venerdì.»

Sembra aver annunciato la dipartita di qualche parente.

Il marito e il figlio non parlano, non sanno che dire.

«Mamma, te prometto che torno più spesso. Adesso però mettiti seduta e mangiamo. Ma te lo prometto.»

Lei obbedisce.

Anche se non sembra avere grande appetito.

«Pronto?»

«Ciao. Mi sei mancato. So che ti ha chiamato il babbo, ti immagino, sarai saltato dalla felicità.»

«Sì, il Novus gli è proprio piaciuto, mi ha telefonato mentre stavo con le lacrime agli occhi per un racconto di Lello bello, è un soggetto unico.»

«Cazzo, Gabry. Mi racconti cose che pare che stai in vacanza, tipo campeggio a vent'anni, sempre con gli amici, i giochi, qui è noia assoluta, stasera forse vado a bere una cosa con Lucia e il fidanzato, ma, così.»

«Milano è un altro livello, però qui, mi ci fai pensare tu, è vero che è rimasta più vicinanza, non so come chiamarla, sono rimasti uniti negli anni, il brutto è che fanno la vita di sempre, all'infinito, io impazzirei. Mia madre, stamattina, mi ha fatto vedere un attico che si libera, vicino casa nostra, per farti capire che pure lei mi vorrebbe ancora vicino a sé.»

Camilla resta in silenzio, si sente il suo respiro.

«E tu che le hai risposto?»

«La verità. La mia vita è a Milano. Mi ha fatto tenerezza, ci teneva a farmela vedere, ma io...»

«E perché no?»

Gabriele, seduto con le gambe incrociate sul letto, in mutande e maglietta, si passa una mano sul viso, inizia a sudare freddo.

«Come perché no? Vorresti trasferirti a Roma? Cami, sei lucida?»

«Come sei definitivo. Trasferirsi. È una bellissima idea, possiamo farci qualche settimana durante l'anno, io ho bisogno di staccare da Milano, ho bisogno di visi nuovi, di persone diverse, mi sento in gabbia, anche con mio padre. E poi tua mamma ha ragione: ti vuole vicino. Tu ce l'hai viva, puoi ancora godertela, e lei può godersi te, noi.»

Lui si alza dal letto, inizia a camminare avanti e indietro, con una mano tiene il telefono all'orecchio, l'altra ce l'ha aperta sulla fronte. Si maledice per aver tirato fuori la questione dell'attico. Allo stesso tempo, per la prima volta da quando vive la voragine che porta in seno, vede, sente una possibile soluzione.

«Cami. Ce devo pensa'. Qui, non so come dirtelo, ma la vita che fate, che facciamo a Milano, qui è diverso. Anche io, come dire, sono un po' diverso, non so come spiegarlo.»

«Diverso come? Sei etero a Milano e omo a Roma?»

Camilla ride alla sua battuta, Gabriele prova anche lui, ma non ci riesce.

«No. È che... sbrago. Non so se mi capisci.»

«Sbraghi in che senso?»

Gabriele torna sul letto, gli sembra improvvisamente una tavola piena di chiodi, si rialza all'istante, torna al suo girotondo sempre più isterico.

«Sbrago nel senso che con te, a Milano, cerco, cerco di essere più... preciso, più presentabile, con voi mica posso essere quello che sono qua, quello che qua sono tutti, voi non avete idea, so' mondi diversi, immagina che vada da tuo padre e lo saluti "Aó, bella Franco, tutto apposto?". Mi capisci. E non parlo solo del dialetto, ma di tutto. Mi capisci?»

Camilla resta muta.

Questa volta, però, non sembra intenzionata a rompere il silenzio.

«Ci sei?»

«Sì.»

«E perché non parli?»

«Innanzitutto: voi. Voi chi? Perché usi il plurale? Io. Io Camilla. A parte questo. Pensavo di stare con un ragazzo che era quello che faceva vedere. Invece no. E sentiamo, tu chi sei veramente dei due? Quello di Roma o quello che condivide la casa con me? Che dice di amarmi?»

A Camilla si incrina la voce.

«Io pensavo. Vorrei che fossi solo te stesso.»

Gabriele sfoga la rabbia che si va accumulando nelle sue vene su una delle stampelle appese al portabiti. La afferra e la stritola sino a sentire il rumore della plastica che si spacca.

«Camilla. Non esageriamo. E stiamo calmi. Te l'ho raccontato un milione di volte. Tu vieni da un mondo. Io da un altro. Ma una cosa è sentirlo dentro un racconto, una cosa viverlo. Io non credo che ti ci ritroveresti.»

«Questo lo dovresti lasciar decidere a me. In pratica mi stai dicendo che con me ti vergogni della tua vita di prima?»

«Sì. Forse è così, almeno in parte.»

Il silenzio può diventare una delle forme più violente di tortura psicologica.

«Cami, per favore, non fare così, sembra che stai passando al microscopio tutto quello che dico. Mi fai stare male.»

«Anche io sto male in questo momento, se vuoi saperlo. Hai detto che forse è così, almeno in parte. E l'altra parte, cosa c'è dall'altra parte? Forse il fatto che io sia ricca e borghese, no, peggio, una specie di aristocratica del cazzo, che mette il mondo dentro una piramide, noi in alto e chi ha di meno in basso. Hai paura che mi metta a giudicare la tua famiglia, il tuo quartiere, e vuoi proteggerli da me. Ecco cosa pensi.»

Gabriele si stritola le mani, il corpo intero vibra scosso dal nervosismo che ora lo sta letteralmente consumando.

«Non mi rispondi?»

Ora è Camilla a pressare, ed è lui a rintanarsi nel silenzio.

«In questa storia l'unico a discriminare tutti sei tu.»

«Cami, io so solo che ti amo. Che da quando t'ho visto la mia vita è cambiata. È vero, hai ragione, questi giorni a casa hanno riaperto questioni che avevo lasciato in sospeso. Su una cosa però ti chiedo comprensione. Tu hai vissuto sempre nello stesso ambiente. Lascia stare se ricco o povero. Io sono passato da un mondo a un altro, e non è facile, non sono ancora in grado di far convivere tutto. Questa è la verità. Ti prego, credimi.»

«Noi ci siamo amati da subito proprio perché eravamo diversi. Ho sempre pensato che fosse il nostro tesoro, ognuno dei due trovava nell'altro quello che non era mai stato. Oggi scopro che per te non è stato così. Che la diversità, per te, è sempre stata una specie di lama sulla testa. Buonanotte.»

Gabriele guarda il telefono, ormai muto, lo lancia sul letto.

Resta in piedi, in mezzo alla stanza.

Un brivido di freddo.

Di solitudine. Assoluta.

IV
ACQUEDOTTO AQUA IULIA

1

Non se lo aspettava.

Quando Tania entra in stanza con la tazzina di caffè, immaginava di trovare suo figlio ancora cullato dal sonno, come le altre mattine. Invece lo scopre alla finestra, che guarda il Parco, a quell'ora della mattina semideserto, a parte qualche padrone con il cane al guinzaglio.

«Ah, sei già sveglio, buongiorno.»

Gabriele si gira e il buonumore della madre sparisce.

«Che hai fatto?»

«Niente. Perché? Mi sono solo svegliato prima.»

«Seh, e io so' la regina Elisabetta. Pace all'anima sua. Lo sai che a mamma è difficile di' bugie, a me basta che te guardo pe' capi' come stai.»

«Ho discusso con Camilla, ma si risolve tutto, solo che mi dispiace.»

«E come mai?»

Gabriele va dalla madre e le toglie la tazzina di caffè dalle mani, beve al volo e gliela restituisce.

Sorride debolmente.

«Ma le solite cose da fidanzati. Un po' di gelosia. Si risolve tutto.»

«Certo. Il mondo è cambiato. C'ho sessantacinque anni,

mica so' 'na cariatide, però una volta si diceva "moglie e buoi dei paesi tuoi". Ma so' cose antiche.»

«Sì ma', so' cose proprio antiche.»

Lei è brava a non darlo a vedere, ma la risposta del figlio, secca, nervosa, le ha fatto male.

«Vado di là, se te serve qualsiasi cosa...»

«Certo...»

«Ah, te volevo solo fa' vede' una foto, l'ho ritrovata dentro un cassetto de quelli che non apri per anni.»

Dalla tasca della tuta che indossa per casa, Tania la tira fuori.

«Vediamo se te lo ricordi.»

Mette sotto gli occhi del figlio la foto di due bambini mascherati per una festa di Carnevale. La bambina, più grande, indossa un abito da principessa, il bambino più piccolo è una specie di cavaliere di qualche cartone animato.

A Gabriele, in questo momento, mancava giusto la nostalgia.

«Come faccio a non ricordarmelo. Carnevale del '94, o '95. Giorgia da bambina era bellissima.»

«Perché adesso è brutta, se te sente te mena come da ragazzini.»

«No. Non intendevo questo. Anzi. M'hai dato un'idea, stamattina sono libero, vado a trovarla al negozio, così prendo pure un po' d'aria e sconfino oltre il quartiere Tuscolano.»

Tania si illumina.

«Bravo, je farà piacere, tanto.»

«Prima però devo fa' una cosa.»

La madre capisce, dà un bacio al figlio ed esce dalla stanza.

Lui va a passo svelto al suo smartphone, ancora attaccato al caricabatteria. Controlla le chiamate, poi la chat.

Camilla dopo il "Buonanotte" doloroso di ieri sera non si è fatta più sentire.

Gabriele inizia a scrivere un messaggio.

Cara Cami, mi manchi, tanto, se vuoi torno su anche ora. Ha ragione il tuo medico: se uno non sta attento è capace di affogare in un bicchiere vuoto. Io in questo momento mi sento come il tipo dentro al bicchiere. Ti chiedo solo un po' di tempo. Chiamami, scrivimi. Non tenermi così.

Camilla è online, legge il messaggio, Gabriele attende, spera che compaia sul suo display l'avviso che lei sta scrivendo.

Invece nulla.

Dopo aver letto, chiude la chat.

In taxi, Gabriele percorre viale Palmiro Togliatti.

Un'arteria che congiunge la zona sud di Roma a quella est.

Dal Tuscolano sino al Tiburtino.

Le borgate che attraversa, degli anni '70 e '80, all'epoca i confini sporchi, proletari della città, sono ormai quartieri semicentrali, ambiti, rispetto ai chilometri di palazzi che sono cresciuti nel tempo ben oltre i limiti del Grande Raccordo Anulare, facendo della Capitale una metropoli infinita, una colata inarrestabile che ha divorato ettari ed ettari di campagne, e uno dopo l'altro i paesi che una volta le facevano da confine, divenuti a tutti gli effetti le nuove periferie della città, quelle più remote.

Centocelle pullula di lingue e colori.

Una realtà multietnica, sempre in bilico tra convivenza pacifica e diffidenza reciproca.

Il taxi si ferma davanti all'indirizzo che Gabriele gli ha dato. Una via laterale della Casilina. Lui paga, scende.

Si avvicina al negozio della sorella.

Non riesce a capire del tutto.

L'insegna. "Giorgia hair stylist."

Così come gli interni, con poltrone e specchi.

Tutto come lo ha visto nelle foto scattate il giorno dell'inaugurazione.

Peccato che la saracinesca sia abbassata, e a vedere la mole di corrispondenza infilata ovunque, la sporcizia, anche da parecchio tempo. Si accorge di essere osservato, dall'altra parte del marciapiedi, davanti al suo negozio, un cinese fuma una sigaretta.

«Scusi, ma è chiuso?»

Gabriele si rende conto della domanda idiota, difatti il tipo non gli risponde in alcun modo.

«Intendevo, da quanto, da quanto è chiuso?»

L'uomo allunga una mano e sfodera un dito.

«Un mese?»

Fa di no con la testa.

«Un anno?»

Un cenno del capo, d'assenso.

Gabriele è stordito, guarda il cinese che a sua volta lo guarda, vorrebbe chiedere a lui perché, perché così, di punto in bianco, anche le poche certezze della sua vita si sono messe a vacillare, anzi, a crollare del tutto.

Ma il cinese ha finito di fumare ed è rientrato nel suo negozio.

Un altro taxi percorre la Togliatti in direzione opposta.

Da est a sud.

«Pronto? Gabrie'?»

«Ciao, ieri sera a cena non c'eri, e volevo sape' se andava tutto bene.»

«Sì, sì, sto al negozio, giornata abbastanza intensa. Ci vediamo stasera fratelli', mo' te lascio che devo fare cassa a una cliente.»

Gabriele questo dolore non lo conosceva.

Quello di chi scopre di essere tradito.

Lui sinora apparteneva alla categoria dei traditori, delle piccole cause, quel tanto che basta a vivere senza mai affrontare veramente la vita.

Un traditore di bassa lega, sia chiaro.

Via Selinunte attraversa mezzo Quadraro.

Si fa lasciare di fronte a uno dei tanti palazzi popolari, bassi, d'aspetto gradevole, che affacciano sulla strada.

Il cancelletto è aperto.

Così come il portone del palazzo.

Questo gli permette di arrivare davanti alla porta di sua sorella senza schiacciare nemmeno un campanello, di potersi annunciare con la rabbia che gli è montata dalla telefonata con lei in poi, con la speranza che sia in casa...

Suona.

I rumori non lasciano dubbi.

Giorgia apre e come vede il fratello sorride, il tempo di realizzare e il sorriso si spegne, gli occhi, il viso, le vanno a finire sul pavimento.

«Perché?»

«Entra, non voglio fa' senti' a tutto il palazzo.»

Un bilocale di una cinquantina di metri quadri, arredato con amore, il gusto è un'altra cosa.

«Perché?»

Gabriele glielo ripete.

Giorgia, dopo un iniziale momento di crollo, si è ripresa, guarda negli occhi suo fratello cercando di tenere sotto controllo le emozioni.

«Perché? Ho fallito. Tutto qui. Tra cinesi e indiani non c'è concorrenza, fanno un taglio con la messa in piega a dodici euro, io ho resistito finché ho potuto. Poi le spese iniziavano a essere quattro volte l'incasso, e ho chiuso. Contento?»

«Perché non me l'hai detto? Pensi che non l'avrei capito? Avviare un'impresa, di qualsiasi tipo, è difficile, soprattutto in periodi come questo. Bastava dirmelo.»

Giorgia scoppia in una risata che sconfina nel pianto.

«Eh sì. Bastava dirlo. Bastava di' al mondo che Giorgia Bilancini, dopo gli studi, il matrimonio, aveva fallito l'ennesima prova della vita. In fondo ce sei sempre stato tu a vince pe' tutti e due, tu il vincente, io la perdente. Da quanno eravamo ragazzini.»

«Ma nemmeno mamma e papà lo sanno?»

Giorgia si asciuga gli occhi con il polsino della maglia, scrolla la testa.

«Me so' vergognata. Con te. Con loro. La verità, Gabrie', è che tu' sorella nun vale un cazzo.»

Il fratello l'abbraccia d'istinto, la tiene stretta, lei a quel contatto si piega dalla disperazione.

«C'ho quarant'anni e non ho fatto niente, niente. Te non sai che significa.»

«Invece lo so eccome. So che significa la vergogna, la solitudine. La nostalgia. Vincere non rende felici, Giorgia, io non sto tanto diversamente da te.»

Lei si stacca di colpo.

«Ma che dici? Tu hai realizzato il sogno che c'avevi da bambino, sei diventato una celebrità, come fai a di' che stai come me?»

«Voglio di' che pure io vivo de tanti non detti, bugie, su tante cose so' 'na merda, siete tutti convinti che il successo faccia diventa' le persone meglio di quello che so', ma non è vero. Rimani quello che sei. Se non peggiori. Con i sensi di colpa che te divorano.»

A sentire nominare i sensi di colpa, Giorgia scoppia di nuovo a piangere.

«Te prego. Te prego, nun lo di' a mamma e papà. Me trovo un lavoro, quanto prima. I soldi che me dai, appena me sistemo, non me li dai più. Ma io so' stata zitta pure per quello, senza sòrdi come pago 'sta casa? Le bollette? Sarei dovuta torna' da mamma e papà, come 'na ragazzina che non riesce a tira' su niente de suo.»

«Giorgia, i soldi so' l'ultimo pensiero. A me non cambia se t'aiuto per un negozio da parrucchiera o per vivere. E finché te serviranno io ce sarò, senza problemi. Ma mi devi promette che non t'abbatti e che ce provi ancora. Perché tu sei piena de talento, da ragazzino te guardavo e te invidiavo, per come parlavi, per quanto eri furba. Io vojo solo una cosa: promettimi che non penserai più a te come a una nullità. Me lo prometti?»

Giorgia, con gli occhi che le galleggiano fra le lacrime, annuisce al fratello.

«Va bene.»

Gabriele le dà un bacio su una guancia.

«Ovviamente resta un segreto fra me e te, come da ragazzini con il vaso de nonna che s'è rotto pe' 'na ventata.»

«E invece eravamo stati noi.»

«Brava.»

«Grazie Gabrie', nun so che altro di'.»

«Nun devi di' niente. Ci vediamo stasera da mamma?»

La sorella cerca di sorridere.

Ha l'aspetto di una superstite.

Reduce da una calamità che non ha fatto danni, a parte sul suo viso.

È un mese di aprile anomalo.

Semmai fosse rimasto qualcosa di normale nel clima.

Roma è diventata per mille e un motivo una città più simile a una capitale del Nord Africa rispetto alle sue omologhe europee.

D'estate, la temperatura ha ormai poco da invidiare alla terra al di là del Mediterraneo. Quello che i romani chiamavano "ponentino", la brezza che di sera, da Ponente, alleggeriva un poco l'afa, è un ricordo lontano.

Gabriele cammina per il Parco degli acquedotti.

Gli vibra il telefono in tasca, lo tira fuori sperando, pregando che sul display ci sia il nome della sua Camilla. Invece è la madre.

«Gabrie', tutto a posto?»

«Sì, perché?»

«È l'una e mezza, nun te vedevo arriva' e...»

«L'una e mezza?»

Non riesce a crederci.

«Eh sì, mamma t'ha fatto un'insalata, te c'ho messo...»

«Scusa ma', non faccio in tempo, m'è volata la mattina e sto ancora distante da casa.»

«Come l'hai trovata tu' sorella? Hai visto quanto lavoro c'ha?»

«Sì. Ho visto. È proprio brava. Ce sentiamo dopo, che sto in un negozio.»

«A dopo, tesoro mio.»

Gabriele infila il telefono in tasca. Intanto, mentre parlava è arrivato al Casale di Roma vecchia, un fabbricato storico all'interno del Parco, lì accanto, un piccolo specchio d'acqua, il Laghetto, ma è rimpicciolito, prosciugato, rispetto a come se lo ricordava. Poco distante, uno degli acquedotti che attraversano questo spazio di terra ancora salva dal cemento. Prova a ricordare, da ragazzino sapeva tutti i loro nomi a memoria.

Questo dovrebbe essere l'acquedotto della famosa Aqua Marcia, o è l'Anio Vetus? Non ricorda più come una volta.

Sa solo una cosa.

Un'estate di vent'anni fa, entrambi poco più che ragazzini, lui e Vanessa fecero l'amore proprio dietro questi archi di mattoni millenari.

Persero la verginità proprio lì.

I ricordi, la primavera suadente che gli esplode attorno, la bellezza dei luoghi che amava e, di contro, la miseria che si è scelto, perché nessuno lo ha mai obbligato a mentire, a vergognarsi, a mettere tutto dentro una scala gerarchica.

Gabriele vorrebbe piangere, ma non ci riesce.

Ormai vive nel disincanto.

Le cose non potranno mai aggiustarsi, almeno non per lui, non ne ha la forza, le capacità. Ci vogliono carattere e mani forti, e lui è un debole.

Lui vorrebbe solo una cosa.

Tornare all'incanto.

Quello che ha vissuto da ragazzino.

Quello che gli ha fatto credere nel grande sogno da realizzare.

E vissero tutti felici e contenti.

E invece no.

La terra continua a girare, e a schiacciare.

Non c'è luogo né prezzo.

L'incanto quando si è rotto si è rotto.

Si può perdere una volta sola.

Come la verginità consumata assieme a Vanessa, proprio dov'è ora con i piedi, proprio qui, tanti anni fa.

Cosa rimane di quello che abbiamo vissuto? Il ricordo.

E il dolore che si prova a rievocarlo: la nostalgia.

Lei viaggia nel tempo e nello spazio.

Gabriele continua a camminare, si ferma su una zolla d'erba perfetta, sembra tagliata a forbice da un barbiere.

Gli viene spontaneo sdraiarsi.

Il sole d'aprile lo accarezza, almeno lui non sembra giudicarlo.

È un terremoto.

Vede i palazzi in lontananza crollare, uno a uno.

Poi si sveglia.

La vibrazione del telefono che gli squilla in tasca, ecco cosa ha infiammato la sua immaginazione, non quella lucida, consapevole, ma l'onirica, incontrollabile.

L'angoscia per lo scherzo che gli ha tirato il sogno gli fa battere ancora forte il cuore.

Qualcuno lo sta chiamando.

Anche stavolta, non è Camilla.

«So' passato a casa tua, tu' madre m'ha detto che stavi in giro, ma 'ndo stai?»

Gabriele ascolta la voce di Marcello con fatica. Sarà anche che inizia a preoccuparsi veramente per il silenzio della sua fidanzata.

«Sto qui, al parco a fa' una passeggiata.»

«Noi stamo tutti ar bar.»

"Cristo, fate la vita di Bill Murray in *Ricomincio da capo*."

Gabriele vorrebbe dirgli questo.

«Vi raggiungo.»

«Bravo, frate'.»

Gabriele resta con il telefono in mano.

Apre la chat con Camilla.

Digita.

> Ti prego fammi un sorriso.

Passa qualche istante e lei legge, questa volta compare a Gabriele l'avviso che sta scrivendo. Già questo lo riempie di gioia.

E come te lo faccio vedere? Lo sai che non amo
le foto fatte con lo smartphone.

Lui risponde senza pensare.

> Non mi serve vederlo. Mi basta che sorridi e che
> io lo so.

Sto sorridendo.

> Facciamo pace, Camomi'? Se vuoi parto adesso,
> vengo a Milano a piedi.

Ho pensato tanto stanotte. Non sono stata
capace di ascoltare, di capire. Sono ancora
arrabbiata con te, ma io certe cose non le ho
vissute. Però promettimi che tutte queste
cazzate le affronteremo assieme.

> Certo. Te lo giuro.

Mi hai raccontato tanto della tua famiglia, dei
tuoi amici, cosa vuoi che mi importi del resto?

L'amore è l'amore, il giudizio estetico lasciamolo
a Milano.

Senza di te non vivrei. T'amo Camilla
Camomilla. Quanto mi mancava dirtelo.

T'amo, tanto tanto, Gabriele de Roma. Mancava
anche a me. Ci sentiamo stasera.

Ok. Un bacio, tanti.

Gabriele si avvia.

È come se avesse preso una medicina ad azione immediata.

All'istante gli è sparito il respiro corto.

3

Li vede da lontano.

Sempre allo stesso tavolino.

Sempre gli stessi.

Marcello, Cristiano, Francesco e Vanessa.

Gabriele, mentre si avvicina, non sa se ridere o piangere.

«Aó, ma 'ndo eri sparito?»

«Lello bello, non ce crederai, so' arrivato al Casale di Roma vecchia, me so' messo a prende un po' di sole e me so' addormentato, come un ciocco.»

Si siede in mezzo agli altri.

«Se me chiamavi te venivo a fa' compagnia, me facevo pure io 'na bella pennica sotto ar sole.»

«Che vita de fatica che fate, eh! Mentre io me incollavo trolley su trolley.»

Cristiano parla buttando fuori il fumo della sigaretta, con il suo colorito, la faccia appuntita, sembra quasi un drago.

«Spritz pure pe' te?»

Vanessa chiede a Gabriele con il solito sorriso.

«Volentieri.»

«Sai quando c'hai l'impressione che te sei scordato qualcosa e nun te viene in mente?»

Marcello è perso dietro qualche pensiero lasciato in sospeso, almeno a sentire lui. Fa schioccare le dita.

«Ecco che è. Ieri se discuteva de depressione, Francesco s'è sentito poco bene e er discorso è finito su 'ste cose allegre.»

Ha parlato guardando Vanessa, l'unica assente allo stesso tavolo il giorno precedente. Lei lo squadra senza far nulla per nascondere il fastidio che le dà toccare questo tema.

«E alla fine ho detto che qui de depressione soffrimo più o meno tutti, tranne Cristiano, che la depressione la fa' veni' agli altri. Tu pure Vane', che te prendi? Zoloft? Cymbalta?»

«Lello, tu non sei rimasto solo piccolo de statura, pure er cervello è rimasto piccolo, de un ragazzino de massimo sette, otto anni.»

Vanessa non sa dove guardare, avvampata dall'imbarazzo.

«È vero. Io so' stata poco bene. Ma questo dopo il divorzio. Adesso le medicine ho iniziato a scalarle.»

Marcello si rende conto di essere stato indelicato.

«Scusa, nun pensavo che era 'na cosa riservata.»

«Be', sai, 'na cura de psicofarmaci, mettemo i manifesti.»

Lui alza le spalle.

«Nun parlo più. Ah, 'na cosa invece...»

«Ma non avevi detto che non parlavi più? E statte zitto cinque minuti, me pari 'na radio.»

Francesco, dal suo oltremondo, ha scandito le parole lentamente, sta con il viso rivolto verso il sole, si gira verso Gabriele, lo guarda con i suoi occhi abitati come sempre dalla pena.

«Gabrie', te volevo chiede scusa pe' ieri, è che quando rivedo un pallone, è come fa' vede' 'na siringa a un tossico.»

«France', nun te devi scusa', abbiamo esagerato tutti e due.»

Ogni sorriso di Francesco sembra quello definitivo, e forse lo vorrebbe essere, un sorriso di commiato, finale, l'ultimo a questa vita che lo ha così illuso, per poi tradirlo per sempre.

Tutti al tavolo si godono quel piccolo momento di riunione, di amicizia ristabilita, ricambiata, come da bambini quando si fa pace.

«Comunque, Lello, veramente, fatte cambia' medicine, fattene da' una che t'azzitta almeno un quarto d'ora e una volta su dieci te fa' di' 'na cosa intelligente.»

Cristiano affonda, Marcello incassa, ma riprende come se niente fosse accaduto:

«Volevo un consiglio, ma non fa niente.»

Finisce così, restando in sospeso.

È Gabriele a non resistere.

«Lello bello, e chiedilo.»

Lui si rianima.

«Grazie Gabrie', uno gentile è rimasto, ringraziando Dio. Niente. Fra due settimane c'ho er battesimo della figlia de mi' cuggina, quella de Casal Bruciato, secondo te me devo mette pe' forza la giacca? Mamma dice de sì, ma io con la giacca nun me ce ritrovo, io andrei con una camicia de lino, poi co' sto caldo.»

«Ma sì, che male c'è, ormai anche alle cerimonie ognuno veste come vuole.»

Gabriele ha risposto senza pensare, consapevole della sua banalità. Marcello, invece, prende per oro colato le sue parole.

«Perfetto. Che poi è un battesimo, mica un matrimonio. A proposito de battesimo, ce pensavo ieri sera, de noi nessuno ha fatto figli, teniamo alta la natalità in Italia!»

La sua vorrebbe essere una battuta. Ma ride solo lui.

Il tavolino piomba in una specie di sottovuoto.

Vanessa ha cambiato espressione, anche Cristiano, ora i suoi occhi sono di una cattiveria da fare spavento.

«Tu c'hai er corpo de un ragazzino de otto anni, ma de cervello arrivi a malapena all'asilo, de cervello c'avrai tre anni. Vado a piscia', sennò se continuo a parla' poi te metti a piagne.» Si alza e si avvia all'interno del bar.

Marcello si fa più piccolo di quello che è.

Vanessa lo guarda, tra severità e compassione.

«Lello bello, ma com'è che sei così de legno? Ecco perché la rumena, come se chiamava, Helena? Quella che sembrava un quadro de Picasso, ecco perché t'ha lasciato.»

«Dài Lello, succede di parlare senza pensarci, nun te la prende.»

Anche Gabriele prova a consolarlo.

«Peccato che a lui succede ogni giorno da trentacinque anni.»

Alle parole di Francesco, sempre rivolto al sole, provano a resistere, ma poi non ce la fanno.

Vanessa e Gabriele iniziano a ridere.

Alla fine, anche Marcello gli va dietro.

È come rinato, sembra cibarsi dell'allegria degli amici, le parole volate sino a un secondo prima per lui non esistono più.

«Che bello quanno ridemo tutti.»

4

«Basta spritz, sennò nun me ricordo la via de casa.»

Marcello dà l'ultimo sorso al bicchiere. Il clima è tornato quello goliardico, sono tutti di buonumore, forse sarebbe più corretto dire brilli.

«Comunque, su una cosa ve do ragione. Milano. È bella, funziona tutto. Ma alle nove de sera pare che scatta er coprifuoco, devi entra' nei locali, sennò in giro è tipo deserto, anzi, 'na tundra.»

«Non è pe' di', ma so' le sette e mezza de sera e stamo ancora all'aperto, al sole, i romani mica so' stati scemi a sceglie 'sta zona.»

Vanessa, per via dell'alcol, ha gli occhi ancora più zuccherini quando parla con Gabriele.

«Date una mano a un fratello, te, bellissima, vuoi un braccialetto?»

Il quintetto viene interrotto da un uomo di colore anziano, sorridente, cerca di vendere la chincaglieria solita, oltre ai bracciali, piccoli portachiavi di legno, statuine a forma d'elefante.

Vanessa scrolla la testa e torna con lo sguardo verso il tavolino.

«Tu, fratello, compri un bracciale? Porta fortuna!»

Francesco nemmeno gli risponde.

«E tu, tu sembri compaesano mio, sei africano, compri qualcosa?»

Cristiano scrolla la testa.

«No, te l'abbiamo già detto, e nun so' compaesano tuo.»

«Fratello! Te lo dico io, tu sei compaesano...»

«T'ho detto che non so' compaesano, né tantomeno fratello, mo' levate dai cojoni. Chiaro?»

L'ambulante capisce l'antifona, se ne va immediatamente. Cristiano lo guarda allontanarsi.

«'Sti cazzo de negri.»

Vanessa, Marcello e Francesco restano immobili, basta vederli per capire che quel giudizio, quelle parole, sono, se non condivisi, senz'altro usuali.

«Perché?»

Gabriele, invece, è sconcertato, addolorato.

«Perché cosa?»

«Perché l'hai trattato così? Perché?»

Quando è totalmente serio, come in questo momento, Cristiano fa paura.

«Aó, mo' nun te mette a fa' er santo, pure te li chiamavi così, o me sbajo?»

«Ma eravamo poco più che bambini, stupidi. A me è servito gira' il mondo, ho conosciuto ragazzi africani che sanno cinque, sei lingue, laureati malgrado le difficoltà. Vi assicuro, molto più colti di noi italiani. Ragazzi che non hanno paura di niente, cosmopoliti, liberi.»

Una risata da attore dilettante, falsa.

Per Cristiano provocare è un'arte.

«Più colti di noi. Questa me mancava. E poi, prima o poi doveva usci', l'aspettavo 'sto momento. Tu sei quello che ha visto il mondo, che ha avuto successo, noi stronzi semo rimasti qui. E che ce voi fa'? Semo rimasti ignoranti, se semo pure incattiviti.»

«Io non parlo perché ho avuto successo, ma perché ho visto come funziona da altre parti, come...»

«Scusa se te interompo, io invece te vojo di' come funziona da 'ste parti. Qui da anni nun funziona più un cazzo, te fanno senti' solo contro tutto e tutti. Senza aiuto, senza futuro, solo con tutta 'na serie nuova de comandamenti, e se non li rispetti vai all'inferno. Er negro nun se deve chiama' più negro, er frocio uguale. E io, anzi, noi, lo sai che famo? Famo er contrario de quello che dice gente come te.»

«Cristia', calmate.»

Vanessa prova a intervenire, ma lui nemmeno la guarda.

«E quale sarebbe la gente come me?»

Gabriele non si tira indietro.

«Come quale? I buoni. È proprio 'na regola, più fate i sòrdi e più diventate santi. Io invece vojo esse cattivo, perché a me, a mi' padre e a mi' madre, ai mi' fratelli, nessuno c'ha mai difeso, nessuno. Vojo esse l'esatto contrario de quello che siete voi. Voi siete de sinistra? Allora io so' de destra. Sì. Anzi. Te dico de più. So' fascista. Tanto per quelli come te resterò sempre brutto, sporco e cattivo. Allora er cattivo lo faccio veramente.»

«Io qui so' arivato che stavano a tira' su 'sti palazzi.»

È la voce del sor Antonio, con il vassoio vuoto in mano, sta in piedi accanto al tavolino. Fa voltare tutti.

«Quello che adesso è un bel parco fino a tutti l'anni '70 era 'na distesa de baracche, de affamati che cercavano lavoro, tutti meridionali, e intanto pe' magna' rubavano, se prostituivano, c'era un prete, don Sardelli che je insegnava a scrive, a lègge, addirittura se trasferì a vive dentro la baraccopoli.»

Guarda i cinque seduti al tavolino trattenendo la commozione.

«Ma la storia de 'sto quartiere nasce prima. Mi' padre è stato uno de quelli presi al rastrellamento der Quadraro, nel '44. Duemila uomini e ragazzi arrestati e portati via, quasi settecento mai più tornati, spediti in Germania e rimasti a mori' là. Mi' padre fu fortunato, dopo 'na notte de torture a Cinecittà riuscì a scappa'. Fece giusto in tempo a torna' a casa.»

Il sor Antonio si asciuga gli occhi con lo straccio sporco con cui pulisce i tavoli.

«Rientrò a casa. Stava male. Tanto. Noi eravamo ragazzini. Con un imbuto j'avevano fatto beve 'na bottiglia intera de olio de ricino. È morto come una bestia, con le budella de fuori, je so' uscite dal... e io oggi devo sentì, a distanza de 'na vita, ancora parla' de 'ste cose.»

Il disprezzo con cui guarda Cristiano è assoluto.

«Ecco perché me ne vado, perché ho venduto tutto. Non ce vojo mori' qua, nell'aria sento 'na cattiveria che non sentivo da anni. Ormai ce se azzanna tra poveri, e più sei povero e più te schifano. Se 'sti acquedotti potessero parla' direbbero sempre la stessa cosa. Che l'òmo non impara mai.»

Il sor Antonio, con la sua andatura storta, se ne va senza portare via i bicchieri vuoti.

Cristiano ha preso le sue parole come un manrovescio, guarda Gabriele con odio.

«Io comunque a te t'ho capito, t'ho fatto la fotografia, come quella dove sembra che baci er padrone tuo.»

«Cristiano, basta.»

«Sì, Cristia', per favore.»

Vanessa e Marcello provano a calmarlo ma è inutile, mentre Francesco si è totalmente isolato, non sembra essere presente.

«Te te senti d'esse diventato 'sto cazzo, ce tratti da ignoranti, poveracci, pure a sta' seduto in mezzo a noi te fa fatica, mica sei più come noi, ormai appartieni a 'n'altra razza, vero? Noi, 'sto posto, la verità è che te fa schifo tutto. Te vergogni de quello che sei stato. Dillo.»

Una mano si poggia sul braccio di Cristiano, è Vanessa.

«Cristia', te prego, me fai senti' male.»

Lui con uno strattone si libera dalla presa.

«Ho finito. Me manca solo una cosa da di' a quello che era 'n amico. Ricordate sempre: te sei Gabriele Bilancini, fijo de Mauro er pesce, meccanico de moto e motorini, manco de macchine. E ricordate sempre che pe' un ricco, un ricco vero, de quelli che so' ricchi da sempre, tu rimarrai sempre un pezzente, uno che non se sa pe' quale motivo c'ha un talento, ma non sarai mai all'altezza loro.»

Gabriele si alza senza dire nulla.

Si avvia verso casa.

«Gabrie'!»

Marcello e Vanessa provano a richiamarlo, ma lui non si ferma, è offeso, certo, ma il motivo per cui se n'è andato è un altro.

Se tornasse indietro direbbe a Cristiano una cosa solamente.

"Hai ragione, hai ragione su tutto."

La foto che gli ha fatto è precisa da fare impressione.

5

«Pe' l'ultima sera non poteva manca' il piatto che co' tutto er rispetto è l'orgoglio mio. La tradizione è la tradizione. Carbonara. Quella vera.»

La famiglia Bilancini al completo, attorno al tavolo.

La reazione non è particolarmente entusiasta. Tania se ne rende conto, interroga con gli occhi i suoi consanguinei.

«V'è morto er gatto? Ch'è successo? Voi due soprattutto, c'avete 'na faccia.»

Si rivolge ai figli.

Il marito, invece, sembra attendere la sua parte con evidente appetito.

«Io direi de mangia', sennò se fredda, dall'ultima sera la famo diventa' l'ultima cena.»

Mauro er pesce ha proferito a modo suo.

«Pe' Giorgia rispondo io.»

Gabriele inizia a parlare e contemporaneamente afferra il piatto che la madre ha riempito per lui.

«Oggi so' stato al salone, lavora come 'na trottola, è solo stanca, mangia e se ne va a nanna.»

«Sì.»

La complicità, la condivisione del segreto, la gratitudine sterminata, quante cose passano dagli occhi della sorella a quelli del fratello.

«E te, invece? Pure te sei bello stropicciato.»

Tania lo fissa mentre si siede per iniziare a mangiare.

«Che ve devo di'? Forse il motivo che m'ha fatto rimanere a casa, l'invito di Cristiano, non è più valido, diciamo che abbiamo avuto una piccola discussione.»

«Che è successo?»

La madre si è immediatamente accesa.

«Una lite, brutta, tutto è partito perché è passato un ambulante e l'ha offeso perché era di colore. Non esiste.»

«Se precipita lentamente, 'sto municipio ancora regge, ma quelli qua attorno stanno messi un disastro. La povertà più affama più rischia de incattivi', e purtroppo er mondo s'è messo a gira' ar contrario: invece de anda' avanti sta a torna' indietro.»

«È come dice tu' padre, er problema è questo: non te scorda' che Cristiano, fra voi, è quello che viene dalla famiglia più povera, hanno vissuto anni in cui non riuscivano a mette assieme un pranzo co' 'na cena. Nun te dico de daje ragione, solo de capi' tanta rabbia da dove viene. Vedrai che si sistema tutto.»

Gabriele non risponde, mangia la carbonara a occhi bassi.

«Al solito, i miei complimenti alla cuoca.»

Sorride alla madre.

Ma lei non sembra goderseli come sempre.

È dispiaciuta, e non riesce a nasconderlo.

Ha preso la lite tra il figlio e Cristiano come una sua sconfitta personale.

Al tavolo sono rimasti solo il padre e il figlio.

Giorgia, appena finito di mangiare, ha salutato tutti ed è andata a dormire.

Anche Tania. Dopo aver preparato la macedonia, di banane e mele, ha dato la buonanotte e se n'è andata a letto.

«Stasera me sento fiacca» ha detto prima di chiudersi in camera.

Mauro e Gabriele sorseggiano un amaro.

In silenzio, guardando dalla finestra il Parco degli acquedotti per come appare di notte: una vastità nera, accesa da qualche lampione nella zona più vicina a via Lemonia, poi da altre luci sparse, per il resto in mano all'oscurità.

«Te vojo di' una cosa che non t'ho mai detto, la sa tua madre, pochi altri.»

«Giuro che non la dico a nessuno.»

«Ma mica perché è un segreto, è solo che me conosci, certe cose me le tengo, non per egoismo, perché parlo poco, non te devo certo spiega' com'è fatto tu' padre.»

Mauro manda giù l'ultimo sorso di amaro.

«Da ragazzo amavo le moto, un giorno me portarono a Vallelunga, a parte il matrimonio, le nascite vostre, è stato il momento più bello della vita mia. Un signore distinto, il capo di una scuderia, disse che c'avevo la testa da corridore, da professionista, me lasciò il numero de telefono.»

«E poi?»

«E poi niente. Non ho avuto il coraggio d'anda' dai tuoi nonni a di': vojo fa' il motociclista. Ma per primo non c'ho creduto io. Questo è il problema vero. Ho pensato "ma te pare che il mondo dà un'occasione a Mauro Bilancini?". Adesso che stiamo da soli te lo posso di': lascia sta' che sei mio figlio, io te ammiro perché c'hai creduto, c'hai avuto la forza. E m'hai dimostrato che il mondo, se ce provi, se ce provi con tutta la passione che c'hai, come hai fatto tu, un'occasione te la dà.»

Gabriele riesce per un istante a guardarsi dall'esterno.

Il padre gli ha messo di fronte quello che ha compiuto nella sua oggettività, depurandolo dai tormenti interiori che vive tutti i giorni.

Gli ha donato una visione limpida, in purezza.

Il figlio di un meccanico di via Lemonia, quartiere Tuscolano, che diventa figlio putativo, allievo prediletto, di un guru del design contemporaneo.

Che diventa lui stesso un nome del design mondiale.

«Papà. Non sai quanto so' importanti per me 'ste parole.»

Il padre si alza.

«Te, te sei importante. Io ho detto solo la verità. Vado da tu' madre, buonanotte.»

«Buonanotte, papà. Grazie ancora.»

Gabriele resta solo al tavolo.

Vorrebbe cementare dentro se stesso questo stato d'animo, non lasciarlo andare via mai più.

Ma sa che è impossibile.

«Pronto? Cami?»

Gabriele è a letto, sotto il lenzuolo, con il telefono poggiato all'orecchio.

«Gabriele de Roma, come va la vacanza? Hai finito di sfornare paranoie?»

«Sei ancora arrabbiata?»

«Sì, mi sono arrabbiata. Ho avuto paura. Stare con una persona e scoprire che di qui è in un modo, di là in un altro. Ma te l'ho scritto: io non ho fatto quello che hai fatto tu, non ho vissuto dentro luoghi, dimensioni così diverse. Io sempre dentro questa casa sono stata, purtroppo.»

«Perché dici così, è successo qualcosa?»

Si sente Camilla sorseggiare.

«Che stai bevendo?»

«Un bicchiere di vino. E comunque è successo il solito. Quello che succede a essere figlia di una divinità fatta uomo, che pensa di dominare gli elementi della natura, e ovviamente la vita di tutti a partire dalla mia.»

«Tuo padre. Che ha fatto?»

«È questo il bello. Gli occhi di un umano non se ne sarebbero neanche accorti, ma lui è lui. È impazzito perché la pelle che ci è arrivata per dei modelli è di un pantone leggermente diverso dal solito. Per me era uguale, alla fine ha chiamato tutta la squadra. È stata una sorta di test per vedere chi gli lecca più il culo. Solo in tre hanno avuto il coraggio di dire che era identico. Gli altri gli hanno tutti dato ragione. Alla fine, mi ha lanciato uno sguardo come per dire "proprio tu". Ma per me quella cazzo di pelle era del colore di sempre. Con l'età sta diventando sempre più prepotente, non si mette mai in discussione, e io non lo sopporto più.»

«Mi dispiace. Se vuoi saperlo pure qui è stato un pomeriggio di burrasca. Con Cristiano, quello che domani fa quarant'anni, oggi ci siamo attaccati, di brutto, ha trattato un uomo di colore come una merda, un signore che è passato con i braccialetti e le altre cianfrusaglie solite. Ormai su tante cose fra me e loro si è creato un abisso.»

«Che brutta cosa. Cazzo, è un troglodita.»

«Prima avevamo parlato di figli. Nessuno del gruppo con cui sono cresciuto ne ha fatti.»

«Be', ma questo non riguarda noi, io un figlio lo voglio, mezzo milanese bauscia come me e mezzo romano de Roma. Anzi, sbrighiamoci a farlo, così magari mio padre si ammorbidisce. Ce lo vedi Franco Zardi a fare il nonnino?»

Gabriele ride.

«Sinceramente no.»

«Appunto, io in realtà sono la secondogenita. Lui ha un primo figlio maschio che si chiama design, il resto è distante anni luce.»

Camilla soffre, e si sente.

«Dài, già domani dovrei riuscire a tornare. Tanto non credo che l'invito sia più valido, da una parte mi sono detto immediatamente: menomale.»

«Vedi tu. Ma prova a rappacificarti. In fondo ognuno di noi è passato e presente. Io, se non avessi il passato, quello trascorso con mia madre, con te...»

Non riesce ad andare oltre.

«Camilla, non fa' così, massimo domenica sto su. Questi giorni sono stati una prova per tutti e due. Ah, poi, se vuoi saperlo, il discorso di mia madre sull'attico è stato una bolla di sapone, è servito solo a far litigare noi due. L'hanno venduto una settimana fa.»

L'ennesima menzogna è partorita.

Lei tira su con il naso.

«Non mi importa di niente, voglio solo che torni, io qui da sola impazzisco.»

«Camilla mia, ti amo tanto, lo sai.»

«Lo so, e lo sai anche tu quanto sei importante per me.»

Gabriele posa il telefono e resta a fissare il soffitto.

La Storia, di generazione in generazione.

Le discendenze dei nobili, quelle dei pezzenti.

Poi basta un atto d'amore ed ecco il sangue intrecciarsi.

Dal nulla creare un nuovo ramo di un albero genealogico.

La natura è così semplice: unisce senza stare a guardare.

Tutto quello che ha costruito l'uomo, invece, è così iniquo, creato esclusivamente per dividere, marchiare.

S'addormenta con il viso di Camilla negli occhi.

V

ACQUEDOTTO AQUA CLAUDIA

1

«Buongiorno.»

Tania aspetta che Gabriele si riprenda, poi gli passa la tazzina di caffè.

Viene da chiedersi come abbia riempito la sua vita negli anni in cui il figlio non è stato a casa, in cui è stato distante. Sembra che la sua intera esistenza ruoti attorno a lui.

«Buongiorno ma', grazie.»

«Mamma ti voleva chiedere una cosa. Se non hai impegni, volevo portarti con me a fare la spesa, ci facciamo una passeggiata assieme, poi devo prendere l'acqua, così mi dai una mano, le cassette pesano.»

«Pesano sì, io le odio. Va bene, volentieri, mi faccio una doccia e andiamo.»

«Sul tavolo della cucina hai banana e mela, se ti vanno.»

Gabriele si alza.

Si avvicina alla pila di panni che la madre gli ha conservato.

Sceglie una camicia a quadri, della Lee, è stato uno dei capi d'abbigliamento che ha amato di più.

«Poi, devo capi' se a 'sta festa ce vado o meno. Sinceramente, a prescindere da quello che dirà Cristiano, a me non va più.»

Tania sembra non aver sentito.

«Lo sai che il sor Franco, con la moglie, sono ancora aperti? La carne la prendo sempre da loro, è uno dei pochi negozi che ha resistito. Tu fa' le cose con calma, io quando vuoi sono pronta.»

La madre lascia il figlio da solo.

Una notifica di messaggio in arrivo.

Buongiorno Gabriele de Roma, mio padre mi ha chiamato a sé e mi ha concesso il suo perdono, non ha voluto neanche che mi inginocchiassi. Ringraziamo santo Zardi.

Buongiorno Camilla Camomilla. Mia madre mi ha chiesto di andare a fare la spesa con lei. Le ho detto che alla festa di Cristiano probabilmente non andrò, ma ha fatto finta di niente. Si vede che ci tiene.

Povera. Tu se puoi fai un sacrificio, una festa è questione di un paio d'ore. Prova a renderla felice.

Gabriele resta con i pollici sospesi in aria, poi scrive:

Sì.

A dopo. Salutamela. T'amo, Gabriele de Roma.

Io deppiù, Camilla Camomilla.

Madre e figlio all'interno del mercato coperto di Cinecittà.

Tania si muove come se stesse nel suo appartamento. Ogni passo è un «Ciao Tania!»; «Tania bella! C'ho er pane de Lariano, ancora caldo.»

Lei sorride a tutti, si avvicina a un banco di frutta e verdura.

«Aó, Tiziana?»

Ce l'ha con la fruttivendola, che si gira e resta in ascolto.

«Se me ridai er cicorione dell'ultima volta te vengo a cerca' sotto casa.»

«E perché, amore mio? È de Frosinone, staccato da tera er giorno prima, giuro. Ma questo è tu fijo, quello famoso, che fa i mobbili?»

«Mica mobbili normali, è un designer, noi certe cose le potemo vede' solo sui giornali. La poltrona che hai disegnato quanto costa, Gabrie'?»

Lui è in imbarazzo, ma vede la madre così felice, orgogliosa.

«Dipende, dai colori, dai materiali. Comunque, diciamo, sì, che parte dai seimila euro, più o meno.»

Gli risponde un silenzio tombale.

Tiziana, la fruttivendola, con la sigaretta accesa al lato della bocca, non riesce a crederci.

«Seimila euro?? E de che è? D'oro massiccio? Mi fijo co' seimila euro ce s'è arredato tutta casa, pure la cameretta der pupo.»

«Tiziana mia. Er mondo è fatto de tanti mondi. Te saluto.»

È Tania a togliere il figlio dalla graticola.

I due proseguono.

«Tania! Gabrie'!»

A poca distanza da loro è comparsa Vanessa, sempre curatissima in ogni minimo dettaglio. Gli va incontro, si abbracciano.

«Pure te a fa' spesa?»

«Cercavo un po' de pesce, ma non ho trovato granché.»

«De sabato se trova poca roba, er martedì è il giorno

migliore, l'altra settimana ho preso l'orate a nove euro ar chilo.»

Vanessa annuisce, ogni tanto gli occhi le rimangono incollati sul viso di Gabriele.

«Bello de mamma, vattene a prende un caffè co' Vanessa, qui ce penso io.»

Lui è colto totalmente alla sprovvista.

«Ma... te serviva 'na mano, anche con le cassette dell'acqua.»

«A casa ce ne stanno ancora un paio, io compro giusto due cosette. Vai tranquillo.»

Non gli dà tempo di rispondere. Dà un bacio sulla guancia di Vanessa e si allontana.

«Andiamo dal sor Antonio?»

«No. Ti porto io in un bar qui vicino, bellissimo.»

Vanessa si incammina. Gabriele le va dietro.

2

«Da quando sei arrivato non abbiamo mai potuto parla'
un momento, da soli intendo.»

Vanessa ha scelto per sé e Gabriele uno dei tavolini
all'aperto di un bar ristrutturato da poco, non molto distante da via Tuscolana. Anche oggi, come ieri e ieri l'altro, un sole alla temperatura perfetta li scalda, benevolo.

«Se c'è una cosa che avevo dimenticato, totalmente, è
il clima. Roma è veramente benedetta.»

Gabriele ha parlato con gli occhi chiusi, rivolto alla luce,
con il viso di chi gode dei doni della natura.

«Te l'ho detto, i romani, quelli antichi, mica so' stati
scemi. A Milano, invece, come va?»

Vanessa ha molta più voglia di lui di conversare.

«È una città diversa, a partire dal clima, ma la vera differenza la fa lo stato d'animo. I milanesi, parlo di quelli che
frequento io, si sentono di far parte di un luogo importante, dove succedono cose importanti, al passo con il mondo.
E forse è davvero così. Io mi ci trovo bene, faccio il lavoro
che ho sognato da sempre, ho la mia compagna, le compli-
cazioni sono più che altro a livello personale, umano, ma
stanno ovunque, giusto nel mondo dei sogni non ci sono.»

«È l'esatto contrario de Roma. Da anni, è come vive in una città depressa, che non crede più a niente e nessuno, s'è lasciata anda'. E di qui, parlo di questo quartiere, della tua vita di prima, non te manca niente?»

Gliel'ha chiesto con un filo di voce, schiacciata da mille sentimenti diversi, dalla nostalgia alla sofferenza, alla speranza.

Gabriele la guarda, ha amato Vanessa come si può amare il primo amore. Con lei ha scoperto il sesso. Hanno vissuto assieme la confidenza, il piacere, la gelosia, tutto quello che di eccessivo e magnifico accade quando ci si innamora da ragazzi. Quanta vita hanno condiviso.

«Non mi manca niente e mi manca tutto. Non lo so nemmeno io. Questi giorni sono stati come uno shock. Qui ho i miei ricordi, innanzitutto quelli con te, poi gli altri amici, ho la famiglia. Ma la cosa che amo di più, e che in questo momento mi manca, sta a Milano. È Camilla.»

Lei fa uno sforzo sovrumano per non lasciarsi travolgere dalle parole che ha appena ascoltato.

«Raccontami di te invece, Marcello m'ha detto che lavori qui vicino?»

Gabriele tenta di sottrarla al dolore palese che la sua risposta ha scatenato.

«Io?»

Una risata acida. Come accade spesso, i tentativi di soccorso peggiorano la situazione.

«Io faccio la cassiera alla Lidl, accanto a Giulio Agricola, non so se ce l'hai presente.»

Lui scrolla la testa.

«Turno fisso: dalle 7 alle 14, 6 giorni su 7. Due domeniche a casa, le altre due a rotazione al lavoro.»

«A parte gli amici, non hai nessuno?»

«Nessuno e tanti. Tanti che te spojano e un secondo dopo so' spariti. Nessuno che è rimasto.»

«La nostra è un'età maledetta. Non siamo più ragazzi, ma c'abbiamo ancora poco degli adulti. Però Vane', le cose possono cambia', sei ancora giovane, bella, simpatica. Non fa' l'errore che faccio spesso io: ragiona' come se c'avessi cent'anni. Puoi ancora fare tante cose, e ama' tante persone.»

«Grazie.»

Lo dice con i suoi begli occhi pieni di gratitudine.

«Me so' messa seduta sperando nell'impossibile. Quanto me sarebbe piaciuto fini' 'sta chiacchierata con un bacio, davanti a tutti, riprende da dove avevamo lasciato. Ma so' i sogni d'una ragazzina.»

Gabriele non sa che dire, la guarda con tenerezza, sente dentro di sé guizzare sotto metri e metri di cenere l'amore che provava per lei.

«Vane', non pensa' al passato, se te blocca, se te fa da zavorra, buttalo via. C'hai un mare de futuro davanti, so' sicuro che troverai qualcuno che te ama per quello che vali.»

Lei annuisce, d'istinto parte con una carezza, casta, di puro affetto, sfiora appena il viso di Gabriele.

«Speriamo. Tu m'hai lasciato per un amore più grande, che c'avevi da sempre. Il disegno. Poi hai trovato Camilla. Chissà. Forse pure per me arriverà uno che m'ama più de tutto.»

Vanessa si alza.

«T'ho invitato io e il caffè lo pago io, sennò come quando eravamo fidanzati te inizio a mena', e lo sai chi vince.»

Gabriele alza le mani, sorride.

«Me ricordo sì.»

La guarda mentre entra nel bar, mentre attende il suo turno alla cassa.

"Lei è Vanessa Fortuna, in un'altra vita, precedente a questa, era il primo pensiero quando ti svegliavi e l'ultimo prima di addormentarti. Per lei avresti fatto qualsiasi cosa. E hai pensato, per giorni, mesi, anni, che lei, proprio lei, sarebbe stata la donna della tua vita. Di tutte le tue vite."

Gabriele ha una specie di vertigine.

Oggi è una semisconosciuta, in fila per pagare il caffè che gli ha offerto.

3

Gabriele cammina con le mani in tasca.

Non saprebbe dire come si sente.

Vuoto, immalinconito, o forse, più di tutto, stordito.

La vita gli sembra un animale velocissimo, l'uomo le corre dietro, arranca, prende atto dei suoi cambiamenti di direzione, delle sue evoluzioni frenetiche, ma è e rimarrà sempre indietro.

E poi c'è il passato, ognuno può giocare, con una matita e un foglio, a disegnare il tracciato della sua esistenza, i luoghi e le persone, le scelte e le rinunce, sino ad arrivare sull'orlo del presente.

Che sia di ieri o di oggi, nulla c'appartiene.

Lui sa solo una cosa: non ha mai smesso di servire la sua passione. Sa solo questo. Tutto quello che è accaduto, di buono o cattivo, lo deve a questo amore che lo ha sempre comandato.

Disegnare. Dare vita alle visioni che nascevano nella sua mente.

«Aó, t'è morto er cane? T'aspetto da mezz'ora.»

Proprio sotto il portone di casa sua, poggiato su una macchina, Cristiano, con l'immancabile sigaretta in bocca.

«S'aspetta qualcuno quando quel qualcuno sa che c'ha

un appuntamento, ma se uno non lo sa? Perché non m'hai telefonato?»

«Indovina? Perché te volevo fa' 'na sorpresa. Damme-la 'sta soddisfazione: è stata 'na sorpresa?»

Gabriele sorride, scrolla la testa.

«Sì, Cristia', m'hai fatto una sorpresa. Bella.»

Lui si alza dall'auto, gli sfila accanto.

«Annamo al Parco, ce sediamo su una panchina.»

Fianco a fianco si avviano verso il verde, verso gli acquedotti.

Si siedono su una panchina leggermente in ombra.

Il sole è diventato nemico, i suoi raggi ora bruciano.

«Qua veramente tocca tira' fuori i costumi.»

Cristiano commenta per non far prevalere il silenzio, una volta che si insedia è sempre difficile scacciarlo via.

«Vado al sodo. Me conosci. Nun me rimangio certo quello che ho detto: so' de destra. Vorrei pe' 'sto quartiere, pe' 'sta città che hanno devastato, vorrei un generale, capace de rimette le cose a posto. E tra italiani e africani, preferirò sempre gli italiani. Lo so che tu non sei d'accordo. Ma ieri, a quel povero Cristo non lo dovevo tratta' così. Una cosa che ha detto er sor Antonio è vera: ormai ce fanno azzanna' tra poveracci.»

«Non lo so, Cristia'. Io credo che il problema non sia chi c'ha di meno, ma chi c'ha tanto di più, chi c'ha troppo e se ne frega de tutto. Che magari fa finta di dispiacersi, ma poi è 'na belva.»

«Aó, stai a parla' dell'amici tua, de quelli che parlano bene e razzolano male. I radical chic. Ma non vojo parla' de questo, sto qui pure pe' spiega' che il nervosismo mio de ieri partiva da prima. Da quando quel soggetto de Marcello ha parlato de fiji.»

Cristiano mostra per la prima volta qualcosa di simile alla vulnerabilità, sempre rabbiosa, ma è come arreso.

«Un paio d'anni fa ho scoperto d'esse sterile. Er sogno mio era 'na famija numerosa. E invece niente. Dicono che le generazioni nuove stanno messe ancora peggio.»

Si accende un'altra sigaretta. Gabriele gli afferra un ginocchio, glielo stringe.

«Cri', me dispiace.»

«Pure a me, tanto, e non ce posso fa' niente. Niente.»

Come un salto da un trampolino da cui è impossibile vedere lo specchio d'acqua che c'è sotto, se mai ci fosse.

Lo sforzo per Gabriele è sovrumano.

«Pure io, rispetto a ieri...»

Non ha la forza di andare avanti.

«Che? Aó, stamo soli, e quello che ce diciamo rimane qui.»

«È una questione solo mia. Ieri, quando m'hai detto "te faccio 'na foto", tante cose che hai detto so' giuste. Sono cambiato. È vero. Non so' più come voi. So' entrato dentro un altro mondo e me so' dovuto adegua', perché sennò quel mondo te divora. In questi giorni me so' divertito come non facevo da anni, ma in certi momenti me so' anche sentito come, come 'n alieno.»

«L'hai detto te er primo giorno al bar del sor Antonio: la vita ce porta dove dice lei, ce fa cambia'. E purtroppo, o pe' fortuna, è così.»

«È vero, Cristia'. Il problema è che non so' più come voi, ma non sarò mai come loro. Come quelli che frequento ora. Io c'ho provato a imitarli, tanti ce riescono, ce credono così tanto che alla fine pensano d'esse de quella razza. Io c'ho provato, per un periodo l'ho pure desiderato, ma non ce so' riuscito. Perché... tanti di loro me fanno schifo, li odio. C'hai ragione tu: dietro la faccia buona restano padroni, tutto gli è dovuto, spesso senza un filo d'educazione.»

«E come fai a resiste? Dico, come riesci a rimane' lì? A fa' finta de niente?»

«Amo troppo il lavoro che faccio, e Camilla è una ragazza per bene, figlia de quer mondo lì, ma diversa, ha perso la madre a tredici anni, forse per questo. Ma resta difficile comunque. Li devi vede' quando se lasciano anda', quando se levano la maschera da "semo tutti uguali". Quante volte m'hanno fatto nero. Perché non ho studiato come loro al Royal College Art di Londra, o alla Parson a New York, li devi vedere come me guardano, o come ridono di fronte a certe cose, le facce schifate che fanno, "è un prodotto industriale, una cosa da poveracci".»

Ora è Gabriele a pompare rabbia, sino alle lacrime.

«E chi l'avrebbe detto.»

«Vivo senza una terra, senza un mondo, me sento sospeso, ovunque.»

«Noi te facevamo ricco e felice. Ricco ce sei diventato, mortacci tua, ma sul felice, ce devi ancora lavora'.»

Cristiano ha ottenuto quello che voleva: far sorridere Gabriele.

«Ah, me devi di' se sono ancora beneaccetto alla festa tua dei quarant'anni.»

«Se nun vieni te stacco er collo. E, scusa il piccolo dettaglio, nun m'hai fatto l'auguri.»

«Auguri, Cristia'. Grazie. So' riuscito a parla' con qualcuno de quello che vivo. Per la prima volta. Promettimi che resterà tra me e te.»

«A bello, io c'ho ancora i segreti de quando eri ragazzino, lo sai che so' 'na tomba. T'aspetto stasera alle otto, cena in piedi e poi ballo scatenato, ma t'hanno detto dove sarà?»

Gabriele scrolla la testa.

«C'ho messo un anno, er posto è teoricamente sotto sequestro, pieno di ipoteche, ma alla fine ce so' riuscito. Alle otto al LeGriffe.»

«Nun ce posso crede.»

«E invece ce devi crede. Te ricordi i pomeriggi passati lì dentro?»

«Me li ricordo sì.»

Con la sua evoluzione, il sole ora illumina a pieno la panchina dove si sono seduti per parlare.

«Tie'. Salutame Milano.»

«Guarda che su il clima è cambiato.»

«E chi dice di no. È diventato identico a Roma. Uguale uguale.»

Ridono tutti e due.

«Io vado verso casa, oggi è l'ultimo pranzo co' mamma, immagina quanto sarà contenta.»

«Io rimango a prende un po' de sole. Da oggi c'ho quarant'anni, la vitamina D è importante.»

Gabriele si alza per andarsene, Cristiano per salutarlo.

Questa volta l'abbraccio sembra il primo dopo secoli di distanza.

4

Gabriele non se lo aspettava.

Attorno al tavolo ci sono tutti.

«Tuo padre non veniva a pranzo a casa da almeno vent'anni. E Giorgia ha chiuso il negozio apposta, perché fa orario continuato.»

«Che onore. Ma non c'era bisogno.»

«Come no? Domani riparti.»

Tania non dice altro, perché non ci riesce, le parole si sono gonfiate di emozione.

«A Ta', non fa' così però.»

È suo marito, ha parlato con una voce diversa dal solito, più secca, aspra.

«Veramente ma', riparte, ma mica pe' anda' al fronte, va a Milano, tre ore de treno da qui.»

«Va bene, va bene. C'avete ragione voi. So' esagerata. Adesso la smetto e mangiamo.»

Tania si siede, cerca di dare seguito alle esortazioni che le hanno rivolto i suoi familiari.

«È vero. Va a tre ore di treno da qui. Mica in guerra.»

Lo ripete a se stessa, prova a convincersi, intanto cerca di sorridere.

«Ah, e poi ricordate de quella cosa che t'ho detto, pensace.»

I suoi begli occhi vanno per un istante all'attico in vendita. Solo madre e figlio si capiscono.

Gabriele, accanto a lei, l'abbraccia.

«Ma', ho colleghi scandinavi, brasiliani, noi stiamo veramente a uno sputo, e poi te l'ho promesso, tornerò di più. E te prometto pure che penserò seriamente a quella cosa...»

La sedia su cui sta seduto, anzi, il pavimento dove la sedia poggia, sembra di colpo farsi di terra, acquitrinosa, cedevole.

Gabriele si ritrova a sprofondare.

Lui non vuole affatto tornare più spesso.

Figuriamoci comprare una casa nel quartiere.

Questi giorni sono stati la prova definitiva che la voragine in cui vive, le terre del suo passato e del suo presente, sono fatte per rimanere dove sono, a distanza incolmabile.

"Dio mi punirà per aver mentito a mia madre."

Questo gli rimbomba nella testa, mentre lei, esaudendo ogni suo desiderio come un ordine, o un onore, gli ha poggiato sul tavolo un'insalata con pollo alla piastra, il pollo tagliato a cubetti piccolissimi, con la perizia che solo gli innamorati.

«Prima ha suonato Cristiano, ti cercava.»

«M'ha aspettato qua sotto, ci siamo fatti una chiacchierata, e abbiamo fatto pace. Più che altro siamo arrivati a un compromesso.»

Gabriele non può proseguire per il boccone di insalata, beve un bicchiere d'acqua per aiutarsi.

«Non ha certo cambiato idee politiche di colpo. Tantomeno io. Però ha tentato di spiegarsi, ci siamo detti cose che resteranno tra noi. È come dicevi te mamma: c'ha tanta rabbia, per motivi che se possono anche comprende.»

Gabriele, ovviamente, non dice niente di quello che pure lui ha sputato fuori.

«Quindi stasera ce vai alla festa?»

«Sì, tutto confermato.»

«Quanto so' contenta! E co' Vanessa invece, com'è andata?»

Tania fa di tutto per dissimulare la tensione con cui ha buttato lì l'ultima domanda. È proprio la falsa mancanza di interesse, così innaturale, fuori luogo per una come lei, a insinuare dentro il figlio un sospetto.

«Adesso che me lo chiedi, chissà perché, me viene il dubbio che l'incontro de stamattina non sia stato tanto casuale, che dietro c'è stata la manina de qualcuno, anzi, qualcuna, che ha organizzato per bene tutto.»

«Ma, mica starai a pensa' a me?»

«Sì, mamma, sto a pensa' proprio a te.»

Non è così raro vedere gli adulti tornare bambini.

L'insinuazione di Gabriele è affettuosa, senza acredine, anzi, semmai con lo stato d'animo di chi si rende conto, ancora una volta se ce ne fosse bisogno, di quanto sia amato da chi ha accanto a sé. Però si accorge di come la madre sia in imbarazzo.

«Vabbè. Non importa. Comunque è andata nell'unico modo in cui poteva anda'. Le ho raccontato di Camilla, lei di quello che fa, che vive. Più che un caffè ce siamo bevuti mezzo litro de nostalgia per uno. Ma il passato è passato. Però è stato bello, intendo rivederla e parla' da soli, tranquillamente.»

Tania annuisce.

Non replica in alcun modo, né a parole, né con l'espressione del viso.

Giorgia ha ascoltato tutto senza dire nulla.

Mauro, invece, ha guardato sua moglie per tutto il tempo con una malinconia infinita.

Ma la sua regola del silenzio prevale.

Ciao Cami, che fai?

Ho pranzato con il babbo, ora mi riposo, poi alle 17 arriva una delegazione di cinesi. Gli amministratori di un fondo, da quello che abbiamo capito stanno per acquisire una catena di alberghi, di quelle gigantesche, e vengono a vedere.

E tuo padre che dice?

Che può dire? Si è vestito di nero. A lutto. Lo sai che ha il terrore di cinesi e arabi. Trovi quelli ragionevoli, ma anche quelli che vogliono tutto e subito, e come dicono loro.

Io ho fatto pace con Cristiano, stasera vado alla festa. Domani mattina prendo il Frecciarossa diretto per Milano, parte attorno alle 10.

Sono contenta che ti sei rappacificato, pure se è un fascio.

Stamattina ci siamo parlati tanto, per carità, le idee sono quelle, e nessuno dei due ha fatto un passo indietro. Però ha tanti motivi per essere incazzato.

A me l'unica cosa che importa è che domani stai qui da me.

Esaaaatttoooo.

Gabriele de Roma, domani come arivi me te
magno come 'n'oliva, lascio solo er nocciolo.

Gabriele scoppia a ridere, digita la risposta.

Ammazzete, hai fatto un corso de romano
accelerato. Quanto sei matta. Nun te chiamerò
più Camomilla, ma Camilla la donna de foco.

Bravo. E preparati. Intendo fisicamente. Ora ti
saluto, mi squilla il telefono dello studio. Ciao
amore mio.

Ciao Camilla, mia mia mia.

Gabriele, sdraiato sul letto, chiude gli occhi, libera la
sua immaginazione. Si ritrova Camilla a fianco, nuda.

Per un poco si lascia sedurre, poi tenta di mandare via
la visione.

Si mette su un fianco, la sua posizione preferita per dormire.

Gli è rimasta, sin da piccolo, sull'esempio della madre,
l'abitudine di staccare al pomeriggio per almeno mezz'ora.
Quel riposo gli rende il lavoro pomeridiano più piacevo-
le e proficuo. Lui ne è convinto, anche se spesso gli viene
da pensare che sia solo un'abitudine generata dall'educazione che ha ricevuto. Ormai, però, che sia davvero ri-
storatrice o meno, deve distendersi e dormire, una fuga
nel sonno, perché di questo si tratta.

Il telefono che vibra non sembra intenzionato a lasciar-
gli fare quello che voleva. Guarda il display: Marcello.

«Bello de casa. Ho saputo che co' Cristiano ve siete chia-
riti, so' troppo felice.»

Parla con voce altissima, Gabriele è costretto ad allon-
tanare lo smartphone dall'orecchio.

«M'hanno delegato, in realtà come al solito m'hanno messo in mezzo, comunque alle sei vado a via Tuscolana per cerca' il regalo. Se vieni me fa piacere, sei uno che c'ha gusto. Se non ce l'hai te. Poi andiamo diretti al LeGriffe.»

«Lello bello, innanzitutto devi controlla' il telefono, rischi de perfora' qualche timpano, pare che strilli.»

«E sto a strilla'! Sto in metro. È piena da fa' paura, c'è 'na caciara che nun te dico.»

«Va bene. Ci vediamo sotto casa tua alle cinque, mo' t'attacco sennò me gioco l'udito.»

«Ciao, fratelli'.»

Gabriele scrolla la testa, Marcello dovrebbe essere portato come esempio vivente quando si parla di tragicomico.

Torna a mettersi di fianco, per il suo riposino pomeridiano.

Qualcuno bussa alla porta. Sembra lo facciano apposta.

È sua madre, con una camicia bianca immacolata, appena stirata.

«Ho pensato che pe' stasera... te la ricordi 'sta camicia? Te la sei messa una volta sola.»

«Sinceramente no.»

«Er matrimonio de tu' sorella. Diciamo che non è solo la camicia tua che non ha avuto tanto successo. Ma nun ce pensamo più.»

«Va benissimo. Lasciala appesa.»

«Buon riposino.»

Tania esce e chiude la porta, Gabriele, per sicurezza, mette il telefono in modalità aereo.

Ora è irraggiungibile.

Sino a qualche tempo fa questa condizione gli dava ansia.

Lentamente, ha cambiato idea.

Ora la ama, ogni giorno di più.

Lo stupore non è certo di quelli piacevoli.

Anzi. Ingobbisce di malinconia.

Non che prima del suo trasferimento non si avvertisse già quale fosse la tendenza, negativa, come del resto in tutte le città e i paesi d'Italia.

Gabriele cammina a fianco di Marcello.

Via Tuscolana, per decenni la via più commerciale di Roma, mostra i segni di un deperimento da lasciare sconsolati.

Tanti, tantissimi i negozi chiusi.

«Te ricordi com'era quando eravamo ragazzini?»

Se Gabriele è immalinconito, Marcello è una maschera di dolore.

«Camminavamo su 'sti marciapiedi e ce sentivamo ar centro del mondo.»

«Lello bello. È cambiato tutto. Il mondo. Le abitudini. Noi. Niente è più lo stesso.»

«Cambiamo discorso che sennò me intristisco, te l'ho detto che sto sotto farmaci. Fra mi' madre che sta male, il quartiere messo così, me sembra che sta a diventa' tutto un deserto.»

«Hai pensato che regalare a Cristiano?»

«No, pe' questo ho portato te.»

«Quindi, se a te t'hanno fatto soggetto e t'hanno scelto per venire a fa' il regalo, io sarei il soggetto del soggetto?»

Marcello sorride dall'alto del suo metro e sessantuno.

«Vuoi mette il gusto che c'hai tu con...»

«Sì, sì, già me l'hai fatto 'sto discorso.»

Gabriele non l'aveva notata prima, si ferma a osservare con attenzione la t-shirt che porta l'amico. Grigio scura, tutta stropicciata, con una scritta bianca obliqua: "Balenciaga".

«Lello, te posso chiede 'na cosa? Ma non ce rimane' male, giura.»

«Giuro.»

«'Ste magliette dalla Cina, ma perché te le compri? Non voglio entra' nella questione estetica. Ma, una maglietta così, questo genere di marche, che io sinceramente non amo, costano cifre mostruose.»

«Ma infatti la mia è tarocca.»

«Ma va'? Per questo, dico. Perché te devi mette una maglietta che non può che essere falsa, perché? Nun te sembra uno schiaffo proprio a 'sto quartiere? Ai negozi che hanno chiuso, a tutti quelli che vivono qui. Una maglietta che originale costa lo stipendio d'un operaio.»

«Ma che è tarocca lo dico a te, se me s'avvicina 'na ragazza mica je lo dico. La sfoggio come fosse vera. Le possibilità, Gabrie', so' solo tre: esse ricchi, esse poveri, esse poveri e fa' finta de esse ricchi. Poi ce stanno i ricchi che giocano a fa' i poveri, ma da 'ste parti nun se so' mai visti. Oggi almeno te danno 'sta possibilità: imita' chi c'ha i sòrdi. Che poi, se ce pensi, è sempre esistita. Te ricordi quando a via Lemonia iniziarono a gira' le Lacoste finte? Er coccodrillo sembrava 'n'iguana.»

«Porca puttana, che m'hai ricordato.»

153

Iniziano a ridere tutti e due.

A pochi metri da loro una gioielleria, stanno per entrare, Marcello però ha qualcosa da dire, si ferma.

«Frate', noi per Cristiano, per i quarant'anni, abbiamo messo una cifra importante. Cento per uno. Te lo volevo di', non credo che c'hai problemi economici, però cento euro so' sempre cento euro.»

«Va bene.»

Gabriele si guarda l'amico.

Una stratificazione di sentimenti umani che scivolano l'uno sull'altro.

La tenerezza sovrapposta alla compassione.

Poi la superbia, schiacciata dal senso di colpa.

«Guarda quel bracciale.»

«Quello con l'àncora?»

«No, quello accanto, quello con la maglia che si annoda.»

«Visto! A Lello, hai fatto tutto tu, per me è bellissimo!»

Il bracciale, in oro bianco, ha una doppia maglia molto fine che al centro si intreccia su se stessa sino a creare un nodo di grande effetto.

Nodo di Carrick, così, fra le altre caratteristiche, riporta la targhetta posta lì accanto.

L'effetto che produce è di qualcosa di inestricabile.

Come un nucleo primo. E ultimo.

Gabriele, dopo un iniziale gradimento, ora lo guarda con fastidio, di certo lui non lo indosserebbe mai, ma non dice nulla.

Marcello ha gli occhi che brillano.

«Sembra l'amicizia nostra.»

«È vero, sembrate voi.»

Lui si volta verso Gabriele di scatto.

«Come "voi", "noi" vorrai di'.»

«No, Lello bello, io ormai non sto più qui, voi avete fatto veramente una vita assieme.»

«Ma che significa. Tu ce stai eccome. In tutti i ricordi.»

«Daje, entriamo a compra' 'sto braccialetto che si sta facendo tardi.»

Gabriele non gli ha risposto, per non ferirlo.

Anche su questo il suo pensiero si è evoluto. Se in meglio o in peggio non sa dirlo con precisione.

Onorare i ricordi sino a farne un credo.

Perché? A quale fine?

Non ne capisce più l'utilità.

Non ne trae alcun giovamento.

Non si può vivere con il capo rivolto all'indietro.

Il passato, se diventa una zavorra, dev'essere mollato, come ha suggerito a Vanessa stamattina. Certo, non sta dicendo di cancellarlo, non lo vorrebbe nemmeno se fosse possibile, e non lo è, ed è giusto tornarci, ogni tanto, con la mente e il cuore.

Ma non si può trasformare il presente in accessorio, secondario, minore, rispetto alla devozione per quello che è stato. No. Lo può capire se a farlo è un individuo che è alla fine della sua vita, con il meglio ormai alle spalle.

Ma non lo accetta da parte loro, ancora ragazzi.

E poi ricordare si paga in nostalgia.

E lui, da quando si è fermato a casa, ha speso un patrimonio.

6

La grande insegna rossa, in corsivo, "LeGriffe", non c'è più.

Rimane il cancello, ormai divorato dalla ruggine.

La discesa, da sempre ripida, con gli anni e l'incuria si è riempita di umidità, ai lati si è addirittura ricoperta di muschio verde, per scendere bisogna fare attenzione.

È rimasta la porta nera d'ingresso.

Da adolescenti la varcavano come la soglia degli inferi, eccitati e impauriti al tempo stesso.

Il locale, dopo l'accesso con guardaroba, aveva una sala da ballo, con divani e tavolini ai lati, seguendo un corridoio si arrivava a una sala riservata ai soci, chiusa da una porta blindata, luogo per loro inaccessibile. Lì dentro c'erano i grandi, con i loro tavoli da gioco, gli affari, spesso li vedevano uscire al colmo della felicità, oppure distrutti come alla morte di un parente. A loro giungevano le voci, chissà quanto vere: "Quello s'è giocato er negozio, e ha perso", "C'hai presente la pompa de benzina dietro Don Bosco, mo' c'ha un altro proprietario", "Il gioielliere di via Castro s'è scommesso perfino la moglie".

Quando Gabriele e Marcello arrivano, la fila per entrare comincia al cancello su strada.

«Ammazza, Cristiano ha fatto proprio le cose in grande, avrà preso un prestito, o la cessione del quinto.»

«In effetti, non pensavo a tutta questa gente, saranno un centinaio di persone.»

«Me pare de sta' ai tornelli dello stadio. Anzi! Se vuoi domani... ma che cazzo sto a di'. Te riparti. Te stavo a chiede se volevi veni' a vede' la Roma a casa mia. Gioca a Torino. Mica me ricordavo che te ne vai. E te rivedremo ar cinquantesimo compleanno de Cristiano.»

«Lello bello. L'ho detto a mamma, a tutti. Verrò più spesso. Te lo prometto.»

Lui annuisce, anche se lo sconforto per l'amico che se ne andrà non lo abbandona.

La fila è lenta. L'aria si riempie di un profumo inconfondibile. Marcello inspira profondamente.

«Qualcuno ha iniziato a festeggia'. Te ricordi quando se facevamo le canne pure noi?»

«Certo che me lo ricordo. Quanto sarà durata?»

«Un paio d'anni. Noi su 'sto discorso siamo stati fortunati, rispetto a tanti che se so' rovinati. Te eri tutto precisino, dicevi che poi non riuscivi a disegna' come volevi, a Vanessa je faceva schifo. Pe' Cristiano era 'no spreco de sòrdi, come tutto. Francesco era 'n atleta. Io me so rifatto 'na canna un paio d'anni fa. C'hai presente le salamandre attaccate ar soffitto?»

Gabriele ha iniziato a ridere, annuisce.

«Immagina 'na salamandra de un metro e sessanta pe' ottantasei chili de peso, attaccata ar soffitto co' l'occhi che c'hanno loro, giganti. M'è preso un attacco de panico memorabile. Mai più. Tu, invece, a Milano?»

Gabriele non riesce a rispondere, l'immagine di Lello bello salamandra lo ha piegato in due dalle risate. Gli ci vuole un po' per riprendersi.

«A Milano, almeno di quelli che frequento io, nessuno che io sappia, so' quasi tutti vegani, stanno attenti a tutto.»

Finalmente, è arrivato il loro turno.

Entrano.

L'odore.

Di vita passata e muffa, di tabacco penetrato ovunque e deodoranti per l'ambiente, quelli che cercano di nascondere la puzza di chiuso e finiscono per diventare essi stessi un tanfo, solo più sdolcinato.

L'olfatto accende la memoria come nessun altro senso.

Per una porzione di tempo indefinita, Gabriele non sa il giorno, né il mese né l'anno della sua vita.

È sospeso, incapsulato dentro un tempo senza tempo.

La sua mente non riesce nemmeno a dire a se stessa quanto sia meravigliosa questa sensazione.

Che è già finita.

7

Il guardaroba è vuoto.

Il bancone, gli armadi dove si appendevano gli abiti, spariti.

Ora è un vano con le pareti ammuffite accanto alle tende che fanno da ingresso al locale vero e proprio.

«Scrivo un secondo a Camilla, magari dentro non prende.»

Marcello annuisce, resta accanto a Gabriele, si mettono leggermente di lato per far passare gli altri invitati.

Ciao Camomilla, entro alla festa.

Lei è online, scrive.

Divertiti anche per me. Tanti baci.

«Ma te non sei Gabriele, er fijo de Mauro er pesce, quello che ha fatto i mijoni co' i mobbili?»

Un uomo alto e grosso, il volto butterato ricoperto dalla barba, se lo abbraccia.

«Quanto tempo! Beato te che hai fatto er grano.»

«È Gianfranco, Leone, quello che stava alle medie co' noi.»

Marcello, per discrezione e corporatura, sarebbe un perfetto suggeritore.

«Ciao Gianfranco, che piacere. Te, tutto bene?»

«Abbastanza. C'ho avuto quarche problemino de dipendenze, ho fatto un paio de cazzate e m'è toccato un po' de carcere. Ma adesso so' pulito. In fondo, c'avemo tutti quarche scheletro dentro l'armadio, pure te, pe' arriva' dove sei arivato, quer vecchio sulla foto te lo sei dovuto inchiappetta', no? La vita è così.»

Quello che sconvolge Gabriele, che lo lascia senza forze, è che per questo totale sconosciuto che si ritrova di fronte, con cui ha trascorso qualche anno scolastico della sua infanzia, quella foto maledetta non pone alcun dubbio ma solo certezze. E queste certezze, a guardarlo in faccia, la sua faccia orribile per dono di natura e consumata dalla vita che ha fatto, non necessitano di nessun altro commento. Un dato di fatto come tanti, senza nemmeno il bisogno di una frase di circostanza, un aggettivo.

La vita funziona così.

Si sente sprofondare.

Ci sarà sempre qualcuno che sulla base di quella foto potrà maledire la vita e tutti quelli come lui, quelli che hanno accettato qualsiasi compromesso pur di arrivare.

«Gianfranco, tu nun c'hai avuto qualche problemino de dipendenze. Tu te sei pippato tutto er Venezuela. E infatti te sei bruciato, stai sotto 'n treno, oltre al cervello te sei giocato pure la vista. Gabriele nella foto nun se sta a bacia' er vecchio, se vede da lontano un chilometro che è un effetto ottico, che tra loro c'è mezzo metro de distanza. Ma la devi guarda' bene, e pe' come sei messo è impossibbile. Gabriele è sempre stato un fenomeno a disegna', come te a rubba' dentro l'appartamenti.»

Marcello ha affrontato senza nessuna paura il loro ex

compagno di scuola, alto una trentina di centimetri più di lui. Ma adesso, dopo la scarica di adrenalina, il suo coraggio cede lentamente, di fronte al viso barbuto, butterato di Gianfranco, diventato una maschera di odio.

«Nano maledetto. Ringrazia Dio che stamo alla festa de Cristiano, e che se te tocco t'ammazzo, e stavorta dar carcere esco dentro a un vestito de legno. Ma ricorda 'na cosa: se me vedi, pure da lontano, cambia strada, scappa. Nano maledetto. Hai capito?»

Marcello è immobile, terrorizzato come lo sarebbero tutti di fronte a un uomo-animale, mosso da una rabbia che vorrebbe tanto trasformarsi in violenza.

Gianfranco scorre oltre.

Gabriele torna a respirare.

«Lello bello, ma te sei impazzito? Nun te dovevi mette in mezzo, tu qui ce vivi, e mo' che succede?»

Lui in un istante si raddrizza e ritrova il sorriso.

«A Gabrie', e che succede? Niente. Ho rischiato de mori', ma ormai è passata. Quello mo' entra dentro, se beve due ettolitri de Negroni, andrà ar bagno a pippasse 'sti cinque, sei grammi de coca. Domani quanno me vede manco se ricorda. Sicuro come er sole. Tranquillo.»

Si guardano, forse per il pericolo scampato, forse per l'assurdità di tutta la situazione, iniziano a ridere senza riuscire a fermarsi. Grazie a Marcello, Gabriele ha riscoperto il dono immenso della risata da lacrime agli occhi.

«Lello, te stasera me devi sta' vicino, se me viene sotto di nuovo qualcuno con la foto non vorrei reagi' male, e poi so' sicuro, io tanti che incontrerò non me li ricordo.»

«Mica me lo devi chiede, te sarei stato vicino comunque.»

8

La tenda rossa, di velluto pesante, una volta scostata fa esplodere la luce negli occhi.

La grande sala è illuminata a giorno.

Ed è rimasta com'era.

«Allora! Visto che è come un fratello, e che sennò je iniziate tutti a rompe li cojoni, ve lo dico io: sì. Quello che è entrato con Lello bello è Gabriele Bilancini. Come tutti gli amici veri, pure se ha fatto i sòrdi e vive a Milano, sta qui a festeggia' con me, con voi.»

Cristiano ha parlato con un microfono, l'effetto che ha creato è l'esatto opposto di quello che in buona fede aveva in mente.

Tutti guardano Gabriele, e tutti, un passo alla volta, gli si avvicinano.

Lui sbianca, si stringe a Marcello, di contro l'amico gli sorride, gli dice con gli occhi che c'è lui, di stare tranquillo.

Per fortuna, nessuno sembra ostile, anzi, semmai il contrario.

Gabriele si limita a ripetere "ciao" a tutti quelli che arrivano per stringergli la mano, o per abbracciarlo, ogni tanto, per variare un po' il tema, ci mette in mezzo qualche "grazie".

La quantità di selfie e di sorrisi che è costretto a sfoderare è la cosa che lo mette più in difficoltà, ma c'è di peggio, e lui lo sa bene.

La piccola ressa gli permette, almeno, di non dover ricordare nomi e volti.

È il turno di un ragazzo un poco più grande di lui, a differenza degli altri il suo sguardo è malinconico.

«Te ricordi de me?»

«De te non me potrei mai dimentica'. Nemmeno tra mille vite. Ciao Domenico, quanto mi fa piacere rivederti.»

L'abbraccio tra i due è serio, diverso dagli altri.

«Nun me posso scorda' tua sorella.»

«Alessia, Alessietta. So' passati venticinque anni, un quarto de secolo, Gabrie', eravate così belli, così piccoli, lei piccola è rimasta, pe' sempre.»

«Non dovrebbero esiste certe malattie, almeno sui bambini.»

«Invece esistono. Ma non te vojo rovina' la serata. Buon divertimento, e complimenti pe' tutto quello che hai fatto, per me mi' sorella t'ha dato 'na mano, da dove sta.»

A Gabriele trema il labbro.

«Sì.»

«Scusate un secondo, io sarei er festeggiato.»

Già su di giri, con un completo nero leggermente lucido, la cravatta larga non più di due dita, ecco Cristiano riavvicinarsi.

«Te presento mia moglie.»

«Gabriele. Piacere.»

«Roberta. Piacere mio. Te volevo fa' i complimenti.»

«Stasera i complimenti se li merita solo tuo marito. Guardalo, c'ha quarant'anni e sembra un ragazzino.»

Lui a sentire queste parole sorride mostrando tutta la sua poca avvenenza.

Roberta è una ragazza semplice, porta un vestito rosso che non dona molto alle sue forme.

«Ce credo, la fa ancora la vita de un ragazzino. Lavora, per carità, ma poi er pomeriggio guai a chi je tocca via Lemonia e gli amici de sempre. È come se c'avesse un doppio lavoro. Ma va bene così, ormai c'ho fatto l'abitudine.»

«Brava, amore mio.»

Cristiano le dà un bacio, lei se lo prende, ora è il senso d'amarezza a prevalere nei suoi occhi, non sembra davvero abituata alla vita che le è toccata in sorte. Né tantomeno felice.

«Vie' qua, fatte abbraccia', bello mio.»

Gabriele si lascia stringere dal festeggiato, poi è il turno di Marcello.

«Lello bello, quanto te vojo bene, te sei stato l'anima der gruppo, senza de te non ce sarebbe stata l'amicizia nostra, vero Gabrie'?»

«Vero sì. C'è sempre venuto a riprendere, quando litigavamo, quando uscivamo con altra gente.»

«E che ce volete fa', so fijo unico, v'ho trovato e non v'ho più lasciato.»

Cristiano richiama Gabriele nell'abbraccio, ora sono in tre a stringersi.

Poi si stacca, riaccende il microfono.

«Adesso che ce siamo tutti, ve dico il programma della serata. Dall'altro lato della sala, come potete vede', hanno appena finito de allesti' il buffet, accompagnato da vino e prosecco, per i cocktail dovete chiede al bar, ovviamente pure quelli so' gratis.»

«TANTI AUGURI CRISTIA', DAJE SEMPRE!!!»

Un urlo parte da non si sa dove.

L'applauso è generale, lunghissimo.

Cristiano è commosso, compie una specie di inchino.

«Grazie, grazie a voi pe' esse qui stasera. Ma soprattutto, pe' ave' vissuto assieme un pezzo de vita importante. E mo' tutti a magna'!»

9

La musica in sottofondo è un mix di successi che parte dalla fine degli anni '90 sino, grossomodo, a tutto il decennio successivo. Ha aperto *L'ombelico del mondo* di Jovanotti, poi *Beautiful* di Christina Aguilera. Ora sta andando *Viva La Vida* dei Coldplay.

Gabriele beve un prosecco.

Dallo sguardo non sembra essere il primo.

Da dietro, qualcuno gli copre gli occhi.

Lui tasta le mani per capire chi sia.

Sorride.

«Vanessa.»

«Era facile.»

«Infatti, come ho sentito le unghie lunghe me so detto: è lei. Stai benissimo.»

Porta un vestito lungo e aderente che esalta il suo corpo, ai piedi tacchi altissimi.

«Grazie teso'. So' arrivata tardi perché ho dovuto sostitui' una collega in malattia, fino alle nove in cassa, non sai che rottura.»

Vanessa parla a Gabriele in modo diverso. Dopo la chiacchierata di stamattina è come se avesse deposto le armi, ora che è naturale, meno preoccupata di darsi un tono, sembra un'altra ragazza, più simpatica, solare.

«E a me come me vedi?»

Ecco spuntare Francesco. Cerca di sorridere al suo massimo.

«Bene. France', te vedo bene.»

«È vero, c'hai un bel colorito. Me raccomando però, nun esagera' a beve, che con le medicine...»

È Marcello ad aver parlato, quello che regge meno l'alcol, difatti il suo eloquio è già parecchio rallentato.

«Lello bello, qui quello più ubriaco sei tu, e ricordate che pure te stai sotto psicofarmaci.»

Vanessa, materna, gli fa una carezza.

Il buffet, intanto, è stato colpito e affondato.

Poco o niente è rimasto sui vassoi, così come dentro le pentole riscaldate dove erano disposti i primi.

I due giovani camerieri, non più di vent'anni, all'apertura del buffet spiccavano tirati a lucido, con la schiena dritta e i capelli acconciati alla perfezione. Ora sembrano aver fatto una mezza maratona con completo nero e camicia bianca.

«Ce so' le linguine ai frutti de mare che so' 'na favola, se so' rimaste te le vado a prende» propone Marcello a Vanessa, lei scrolla la testa.

«Grazie Lello, ho cenato a casa, sapevo che sarei arrivata a buffet finito e c'ho pensato prima.»

Gabriele ha mangiato un paio di tramezzini, ora è il turno di una fetta di torta rustica, tiepida, con un ripieno di verdura non meglio specificato.

«AUGURI A CRISTIANO!!»

E via un nuovo applauso, e un altro bicchiere che si svuota nella gola di tutti.

Sempre armato di microfono, Cristiano si produce in

un nuovo inchino, ancora meno armonico e riuscito del primo, per via dell'equilibrio provato dall'alcol.

«Grazie, belli mia. Allora, er programma è questo. Adesso c'è la torta. Poi, prima de inizia' tutti a balla', c'è una sorpresa. Ma annamo pe' gradi.»

Da quella che era la sala degli adulti, ormai un enorme spazio vuoto dove a resistere è solo la porta blindata, aperta, esce un'enorme torta a tre piani. Con quaranta candeline e una serie infinita di stelline scintillanti.

Gabriele è rimasto con lo sguardo al grande salone che una volta potevano solo immaginare.

«Te ricordi quante volte abbiamo tentato de sbircia' lì dentro?»

Marcello lo guarda con i suoi occhi ad alta gradazione.

«Nun ce crederai, Gabrie', stavo a pensa' la stessa identica cosa.»

Non fanno in tempo a dirsi altro perché, come un coro da stadio, parte l'immancabile motivetto:

«TANTI AUGURI A TE, TANTI AUGURI A TE, TANTI AUGURI CRISTIANO, TANTI AUGURI A TE!!»

E via l'ennesimo applauso.

Lui si abbraccia la moglie.

Non ci sono dubbi, questo è il momento più bello della sua vita.

10

L'enorme torta è stata fatta a pezzi.

Porzioni che i due camerieri, trottando per tutta la sala, servono ai tanti invitati. Il loro aspetto, adesso, fa semplicemente tenerezza.

Intanto, sempre a basso volume, dalle casse esce *Grace Kelly* di Mika.

«A me 'ste torte de pan de Spagna nun me piacciono.»

Marcello non gradisce, assieme a Francesco, Gabriele e Vanessa si sono seduti su uno dei tanti divanetti rosso sbiadito disposti ai lati della sala.

«Che ore sono?»

È sempre lui a chiedere.

«Le undici e un quarto.»

«Come? Impossibile.»

Francesco gli ha risposto guardando dal suo telefono.

«Lello. È ovvio che te s'è sballata la percezione del tempo. Hai bevuto e mangiato pe' quasi due ore, ininterrottamente. T'ho contato sei piatti pieni de tutto. Poi me so' stufato.»

«È fame nervosa.»

«Sì. E io me chiamo Cristiano Ronaldo. Pure da ragazzino c'avevi la fame nervosa? Hai sempre magnato pe' cinque.»

«Lello bello, Francesco c'ha ragione, oggi è tutto d'origine nervosa, ma te c'hai sempre avuto 'na fame animalesca.»

«Effettivamente er dottore che me segue su questo nun credo c'abbia visto bene.»

Gabriele, Francesco e Vanessa iniziano a ridere, Marcello gli va dietro, come al solito.

«Tutto a posto, sì?»

È Cristiano. Si è avvicinato al loro divanetto, sudato fradicio, pure lui evidentemente alterato dai tanti brindisi.

«Io giro pe' saluta' tutti, c'ho paura che sennò ce rimangono male. Tra poco vengo e me metto qui co' voi.»

Tira un bacio e schizza via.

Sembra a tutti gli effetti lo sposo, e la serata un matrimonio in piena regola. L'anomalia è la scarsa, per non dire nulla, presenza della sposa.

Roberta, la moglie di Cristiano, si è seduta appena entrata e lì è rimasta. Attorno a lei, due signori abbastanza anziani, forse i genitori, poi una manciata di ragazzi e un paio di bambini.

Per tutta la serata, mentre gli altri invitati parlavano e si muovevano per la sala, loro sono rimasti lì, fermi, seriosi, come una tribù invitata da stranieri a una cerimonia che non le appartiene.

Gabriele la fissa.

Ha per quella ragazza un rispetto enorme.

La stima.

Senza conoscerla.

Non fa nulla per nascondere la sua infelicità.

Né tantomeno per camuffare la distanza fra lei e tutto il resto della compagnia invitata al compleanno del marito.

È fieramente distaccata.

Lo dà a vedere, e lo sa bene.

Non imita, non recita, non accondiscende.

Le andrebbe a parlare se avesse più confidenza, ma non gli pare proprio il caso, e poi per dirle cosa? "Ti invidio perché hai il coraggio che io non ho."

Lo distrae un movimento.

Accanto al bar, davanti a una delle pareti nere del locale, stanno allestendo qualcosa. Ora è chiaro: i due camerieri hanno aperto uno schermo da proiezione portatile, lo assicurano per bene sul suo treppiedi.

Cristiano si mette al centro della sala, con il microfono che ormai utilizza con la confidenza di un presentatore professionista.

«C'abbiamo messo tanto, quasi un anno pe' prepara' 'sta sorpresa. Questo è un regalo che vale per tutti noi, in particolare per gli amici di sempre, non devo fa' i nomi perché sapete chi so'.»

Gli occhi vanno a Marcello, Francesco, Vanessa e Gabriele.

«Aggiungo solo un'altra cosa: preparate i fazzoletti.»

Appena finisce di parlare, a volume alto parte la voce roca, inconfondibile di Louis Armstrong.

What a Wonderful World.

Le luci in sala si abbassano.

11

Lo schermo bianco prende vita.

Ingiallite, rovinate dal tempo, iniziano a passare delle fotografie, attimi della vita dei presenti nella sala.

La prima fa rabbrividire tutti.

Tina, la madre di Marcello, che porta per mano davanti la chiesa di San Policarpo un bambino, uguale al bambino di oggi. Tina, la donna a forma di letto, in piedi e sorridente.

Poi è il turno di un uomo dall'aspetto burbero, che fuma una sigaretta a un tavolo fuori il bar del sor Antonio. Basta guardarlo bene: il padre di Cristiano, i suoi stessi occhi che nulla risparmiano. Morto da anni.

E il sor Antonio stesso, tutto fasciato di giallorosso, per la vittoria dello scudetto della Roma del 2001. Sullo sfondo una via Lemonia piena di gente impazzita dalla gioia.

Una bambina bella come il sole che sorride a favore di macchina fotografica. Una Vanessa appena dodicenne.

Nello scatto successivo sempre lei, solo più grande, quindicenne, per mano a un Gabriele della stessa età, senza barba, i capelli corti.

Scorrono altre foto, nella sala si sente un mormorio continuo: tutti quelli che si ritrovano immortalati si lasciano andare allo stupore, alla gioia, alla nostalgia.

Marcello, da quando ha visto la madre, piange senza nessuna vergogna, come Vanessa, come tanti che ritrovano amori passati e non più presenti.

Gli andati. Via.

La foto che ora riempie la sala buia trafigge Gabriele.

Lui ragazzino, al massimo otto anni, che sorride, appena dietro, poggiato alla colonna dell'officina, suo padre a braccia conserte, più giovane, i capelli lunghi, che guarda il figlio per come lo guarderebbe un angelo custode.

E Francesco, che sorride fiero con la maglia del Milan, che dice al mondo con la sua espressione: "Guardatemi".

Non manca spazio per Roberta. Abbracciata a Cristiano, con un sorriso che al presente nessuno ha più visto.

La voce di Armstrong si spegne.

Come colpo finale di uno spettacolo pirotecnico, una foto ancora più vecchia. Sarà di inizio anni '80. Cinque ragazze abbracciate sul muretto che divide ancora oggi via Lemonia dal Parco, anche se all'epoca era solo una distesa di immondizia e poco altro.

«No.»

Il tempismo con cui la negazione, di pura incredulità, esce dalle bocche di Gabriele, Vanessa, Francesco e Marcello fa quasi spavento, hanno tutti le guance solcate dalle lacrime. Cristiano li guarda, un sorriso pieno d'amore nella loro direzione.

Tania, bellissima, Tina, assieme a Gabriella, la madre di Cristiano, quella di Vanessa, Luisa, infine Paola, mamma di Francesco.

Cinque ragazze abbracciate, ignare della vita, della sorte che avrebbe atteso ognuna di loro al varco, sorte amica o nemica, benigna oppure maligna.

What a Wonderful World finisce.

Esplode un applauso senza fine.

«GRAZIE CRISTIANO, SEI UN GRANDE!!!»

Le urla che seguono sanno tutte della stessa gratitudine.

In tanti si asciugano gli occhi.

La luce si accende.

Cristiano prova a parlare al microfono, ma è costretto a spegnerlo immediatamente. L'ondata di emozioni lo ha portato a un pianto che non riesce a placare. Chissà se aveva previsto anche il suo.

Per riprendersi compie uno sforzo sovrumano, resta per qualche istante a occhi chiusi. Quando li riapre riesce a sorridere.

Eccolo di nuovo nei suoi panni di presentatore per una sera.

«V'avevo detto de prepara' i fazzoletti.»

«TE VOJO BENE, CRISTIA'!» urla qualcuno dal fondo della sala.

«Pure io. Ma da lontano nun ce vedo e nun so chi sei. Ma ce puoi giura': qui dentro vojo bene a tutti.»

Parte un applauso infinito.

Gabriele è stravolto, trascinato dai sentimenti.

«E adesso belli mia, dopo le lacrime è ora de balla', TUTTI IN PISTA!»

Cristiano non fa in tempo a finire di parlare che dalle casse, questa volta ad altissimo volume, parte *Seven Nation Army* dei White Stripes, le luci si rispengono, al loro posto esplodono nel buio faretti colorati e una luce stroboscopica a dar vita alla pista da ballo.

In tanti si alzano dai divanetti per andare a ballare.

Vanessa si tira su per prima, allunga le braccia verso i suoi amici, tutti si alzano per raggiungere la pista. Con grande fatica, vista l'ubriachezza ormai evidente.

Gabriele guarda l'ora al suo telefono: è mezzanotte e un quarto.

«Io devo andare.»

Prova a dire, ma la musica è talmente alta che nessuno lo sente. Allora afferra Marcello, poi Francesco, che a sua volta blocca Vanessa.

A gesti, Gabriele fa capire agli amici che per lui è arrivato il momento.

«ALMENO UN BALLO!» gli urla Vanessa nelle orecchie.

Ma lui indica l'ora sul telefono: si è fatto tardi.

Nello stesso istante arriva Cristiano, li vede confabulare senza riuscire a comprendere. È Marcello, a gesti, a fargli capire cosa sta succedendo.

Cristiano prova a riproporre, mostrando l'indice, l'invito di Vanessa: almeno un ballo assieme.

Gabriele, seppur dispiaciuto, scrolla la testa: «È troppo tardi». Lo capiscono dal labiale.

Marcello fa segno a tutti di uscire per un istante dalla sala.

Lì dentro parlare, e salutarsi, sarebbe impossibile.

VI
ACQUEDOTTO ANIO NOVUS

1

Il gruppo si ritrova all'esterno.

«Almeno un ballo assieme te lo potevi fa'!»

Marcello torna alla carica. Ormai fa fatica a stare in piedi, dondola.

«Lello bello, so' distrutto, come te, e poi te scordi che io in vita mia non ho mai ballato.»

«È vero, mo' che me ce fai pensa', quante litigate perché io volevo anda' in discoteca e te no!»

È Vanessa ad aver ricordato.

«Brava. E poi domattina c'ho il treno presto, vorrei comunque fa' colazione con mamma e papà, sta' un po' co' loro prima di ripartire.»

Cala un silenzio imbarazzato, il primo brivido di freddo viene a Francesco.

«Di giorno se sta bene, ma la notte è ancora fredda.»

Poi tocca a Vanessa.

«Sì.»

Tutti guardano Gabriele, e Gabriele guarda tutti.

«L'ho detto a mamma e papà, a mia sorella, e anche a voi. Non passeranno altri otto anni. Alla prossima scendo pure con Camilla, me lo chiede da una vita.»

Sudati, accaldati, ubriachi, nessuno risponde, è di nuovo il silenzio a comandare.

Cristiano sorride, abbraccia Gabriele, se lo tiene stretto per qualche istante.

Poi lo libera.

«Lo sai come me chiamo io. Cristiano Pontrelli. Sincero fino a esse stronzo. Io nun so se ritornerai più spesso, sinceramente nun ce credo, ma non importa, er futuro stasera lasciamolo sta'. Tu ce sei stato oggi. La felicità che m'hai dato a sta' qui con noi ce l'ho dentro de me, e non me la leva nessuno. Il resto sarà quello che sarà.»

Gabriele si riagguanta Cristiano, se lo stringe, per quello che ha detto, per come lo ha guardato.

«Grazie. Grazie a tutti. Amici come voi non li merito. So' uno che nun se merita un cazzo.»

«Ma che cazzo stai a di', te sei Gabriele Bilancini, sei l'amico che tutti avrebbero voluto ave'.»

Marcello lo ha urlato, di slancio si aggrappa alla schiena di Gabriele, guarda in direzione di Vanessa e Francesco.

I cinque si ritrovano in un solo grande abbraccio.

Piangono, perché la vita fa piangere, quando il dolore avvampa, o quando l'amore, come in questo momento, trabocca dal corpo.

«Stai bello imbriaco, sicuro che non vuoi qualcuno che te faccia compagnia?»

Marcello si propone a Gabriele, lui gli fa una carezza.

Da ragazzino se lo dicevano sempre, dopo qualche guaio combinato, o dopo aver litigato e fatto pace: Lello fa rima con fratello.

«Non te preoccupa', stai messo peggio de me, se m'accompagni chi te riporta qui? Tornate dentro che qui fuori vi prende 'na polmonite.»

Un bacio a Francesco.

«Me raccomando, France', so' sicuro che passerà il periodo più brutto.»

Lui annuisce, come sempre è il primo a non crederci, ma fa di tutto affinché gli altri pensino il contrario.

È il turno di Vanessa. Un altro bacio, le mani che si stringono.

«Ti auguro quello che te meriti Vane', con tutto il cuore.»

Anche lei annuisce, a differenza di Francesco, però, vuole crederci, deve crederci.

Gli ultimi sguardi.

«Ciao, allora.»

Poi, Gabriele da una parte.

Gli amici dall'altra.

2

Barcollante, non solo nel corpo.

Gabriele è un naufrago che cammina.

L'alcol mischia i sentimenti come i colori su una tavolozza, per il solo gusto di mischiarli, come farebbe un bambino.

Non saprebbe dire come si sente, né dare un nome al dolore che è di fatto la somma di tutto quello che lo sta attraversando.

Forse un nome nemmeno esiste.

Forse questo dolore così grande lo sta inventando lui in questo momento.

Sì.

Nessuno lo ha mai provato prima.

Guarda le stelle e gli viene da chiedere aiuto.

Senza volerlo, con gli occhi al cielo, non vede una buca sul marciapiede.

Cade lungo in avanti.

Si rialza, stordito, si controlla le mani, si tocca le ginocchia.

Niente di che.

Una caduta da ragazzino, o da ubriaco.

Di quelle che lasciano giusto qualche graffio.

Si siede per un attimo sul muretto che divide la strada dal Parco degli acquedotti.

La luna brilla per tre quarti.

Gli occhi corrono lungo la vastità nera della campagna, sormontata dalle fila di giganti messi lì da tutto il tempo.

Elefanti che la sera, da bambino, immaginava di ritorno verso la loro casa.

Gabriele li guarda, la bocca gli resta aperta, lo sguardo si vieta di credere a ciò che sta vedendo.

Gli acquedotti, gli elefanti, se ne stanno andando.

Gabriele è terrorizzato, si porta le mani sugli occhi, se li vorrebbe togliere dal viso. Quando li riapre, tutto viene ribadito per filo e per segno.

Se ne stanno andando, verso la linea dell'orizzonte, in silenzio.

«Voi no.»

Gabriele si alza in piedi, barcolla mostruosamente, salta il muretto su cui stava seduto e inizia a correre verso le bestie di mattoni che hanno preso la loro strada.

Gabriele corre nel parco, nel buio, cade e si rialza, cade ancora.

Arriva a uno degli acquedotti.

È tutto vero.

Senza degnarlo di uno sguardo, di un gesto di attenzione, quei giganti continuano a muoversi, in fila, mandria che non emette fiato, né suono.

«Non andate via.»

Li esorta, ma loro non lo ascoltano.

«Ve prego! Non andate via!»

Quegli animali sembrano non avere orecchie.

Gabriele piange, di nuovo, si porta le mani alla testa.

«Ve prego, non andate via, io senza de voi come faccio? Io c'ho bisogno de voi!»

La mandria non ascolta l'umano.

«NO! Voi dovete rimane' qui! QUI!»

Gabriele afferra la zampa di mattoni di uno degli animali in fila, è talmente enorme e potente da sollevarlo assieme al suo passo, ma Gabriele non molla.

«Allora vengo dove andate voi! Ma non ve lascio!»

Di nuovo un passo del bestione al quale si è attaccato lo solleva da terra come un filo d'erba.

«Andate, andate, ma tanto non ve lascio!»

Lentamente, abbracciato all'acquedotto, Gabriele passa dalla disperazione al sonno, anzi, a una perdita di sensi.

Resta così, a occhi chiusi.

3

Tania apre gli occhi.

Prende il telefono in carica sul comodino accanto a lei: sono le 4 del mattino.

Cercando di non fare il minimo rumore, come al solito, si alza.

Va in bagno.

Poi in cucina, a bere direttamente dalla bottiglia un sorso d'acqua.

Starebbe per tornare a letto, ma la blocca un pensiero.

Sempre a passo felpato arriva alla camera di Gabriele. Apre lentamente la porta.

Il sorriso di Tania sconfigge il buio.

Torna a letto.

Ancora in stato di grazia.

Non ce la fa a non condividerlo.

Prende una mano del marito, la scrolla.

«Mauro?»

Lui ci mette un po' a svegliarsi, a riprendere un minimo di lucidità.

«Tutto a posto?»

«Di più. Benissimo. Hai visto, Gabriele non voleva anda' alla festa de Cristiano?»

«Allora?»

«So' le quattro e ancora deve torna'. Io lo sapevo. Uno non può dimentica' gli amici, il quartiere dov'è cresciuto.»

«So' contento. Io continuo a dormi'.»

Tania resta a guardare il soffitto.

Non ha mai avuto bisogno di essere presente per vivere nei panni del figlio.

Se lo immagina in mezzo agli altri, mentre balla al colmo del divertimento, magari pensando all'attico che lei gli ha fatto vedere.

Di solito non riesce a riaddormentarsi.

Stanotte sì.

Ringraziamenti

Ai disgraziati che diventano maestri.
A chi ha voluto spezzare il suo dolore con il mio.
A tutti quelli che sanno amare molto meglio di me.

Indice

7   I   ACQUEDOTTO ANIO VETUS

29   II ACQUEDOTTO AQUA MARCIA

69   III ACQUEDOTTO AQUA TEPULA

101   IV ACQUEDOTTO AQUA IULIA

131   V   ACQUEDOTTO AQUA CLAUDIA

177   VI ACQUEDOTTO ANIO NOVUS

187   *Ringraziamenti*

Certificato PEFC
Questo prodotto è
realizzato con materia
prima da foreste
gestite in maniera
sostenibile e da fonti
controllate

PEFC/18-32-03   www.pefc.it

Mondadori Libri S.p.A.

Questo volume è stato stampato
su carta HOLMEN
con fibra vergine proveniente da foreste sostenibili holmen.com/paper
presso ELCOGRAF S.p.A.
Stabilimento - Cles (TN)

Stampato in Italia - Printed in Italy